Karl Biedermann

Kaiser Otto III.

Trauerspiel in fünf Aufzügen

Karl Biedermann

Kaiser Otto III.
Trauerspiel in fünf Aufzügen

ISBN/EAN: 9783744609937

Hergestellt in Europa, USA, Kanada, Australien, Japan

Cover: Foto ©Andreas Hilbeck / pixelio.de

Weitere Bücher finden Sie auf **www.hansebooks.com**

Kaiser Otto III.

Kaiser Otto III.

Trauerspiel in fünf Aufzügen

von

Karl Biedermann.

Leipzig:
F. A. Brockhaus.
1863.

Personen.

Otto III., deutscher König und später römischer Kaiser (22—25 Jahre alt).

Herzog Heinrich von Baiern, sein Oheim (zwischen 40 und 50 Jahren alt).

Herzog Bruno von Kärnten, des Königs Vetter, später Papst Gregor V. (28—30 Jahre alt).

Graf Hoiko,
Graf Bernward, } sächsische Edle, { (zwischen 50 und 60 Jahren alt).

Gerbert, Erzbischof von Rheims (40—50 Jahre alt).

Crescentius, ein römischer Patricier (zwischen 30 und 40 Jahren alt).

Oboardo, ein junger Edler vom Hause des Vorigen (zwischen 20 und 30 Jahren alt).

Markgraf von Spoleto (etwa 40 Jahre alt).

Sohn des Dogen von Venedig (etwa 25 Jahre alt).

Der heilige Nilus, Eremit, ein blinder Greis von 90 Jahren.

Ein Abgesandter des Königs von Frankreich.

Ein alter Bauer aus der Campagna.

Ein alter Diener Hoiko's.

Erster
Zweiter } deutscher Krieger.

Erster
Zweiter } Römer.

Ein römischer Priester.

Ein Knabe.

Mechthildis, des Grafen Hoiko Gattin (40—50 Jahre alt).
Gisela, deren Tochter (18—20 Jahre alt).
Prinzessin Helena, Tochter des griechischen Kaisers (20—22 Jahre alt).
Deutsche und italienische Große, griechische und römische Großwürdenträger, Geistliche, Krieger, Trabanten, Herolde, König der Wenden Boleslaw und andere wendische Große, französische Abgesandte, römisches Volk, italienische Bauern, Frauen der Gisela und der Helena.

Ort der Handlung:

Im 1. Act: Rittersaal in der Burg des Grafen Hoiko an der Havel, dann offene Gegend am Fuße der Alpen, auf der Grenze von Italien und Deutschland.

Im 2. Act: Freier Platz in Rom, dann Rittersaal in der Burg Hoiko's, zuletzt Galerie im päpstlichen Palaste zu Rom.

Im 3. Act: Ein Grabgewölbe bei Rom, dann Zimmer im kaiserlichen Palast daselbst.

Im 4. Act: Freier Platz an einem Thore Roms, dann Platz unweit des Capitols, zuletzt Zimmer im kaiserlichen Palast.

Im 5. Act: Zimmer im kaiserlichen Palast zu Rom, dann Zimmer im Castell Paterno bei Rom.

Zeit:
999 nach Christi Geburt.

Bemerkung für die Bühnendirectionen:

Die unter dem Text angegebenen scenischen Einrichtungen sind im Wesentlichen der Aufführung des Stückes auf dem großherzoglichen Hoftheater zu Weimar (am 10. September und am 15. October 1862) entnommen.

Erster Act.

Erste Scene.

Rittersaal in des Grafen Hoiko Burg an der Havel. *)

Hoiko und Mechthildis treten von verschiedenen
Seiten auf. **)

Mechthildis (auf Hoiko zueilend).

Den Heil'gen Dank! Du kehrst mir wohlbehalten,
Und kehrst mit froher Siegesbotschaft heim!

Graf Hoiko.

Und welch ein Sieg! Der junge Königsaar,
Der heut zum ersten mal die Schwingen prüfte,
Zeigt scharfe Fänge schon und hellen Blick.
Wo immer er den Feind am stärksten sah,
Da flog er hin und stäubt' ihn auseinander.
Vergebens warf der Wenden tapfrer König,

---

*) Auf Coulisse 3.
**) Hoiko durch die Mitte, Mechthildis aus Coulisse 1 rechts;
mit Hoiko mehrere Reisige, Beutestücke tragend. Hoiko gibt, nach
der ersten Begrüßung mit Mechthildis, Helm und Schild an zwei
der Reisige ab.

Der wilde Boleslaw, sich ihm entgegen:
Mit scharfem Speerstoß stürzt' er ihn vom Roß,
Und, rasch abspringend selber, faßt' er ihn
Mit starker Faust und macht' ihn zum Gefangnen.
Da floh, was noch bis dahin Stand gehalten,
Wir setzten eilends nach. — Zwar nahm die Flücht'gen
Der Wälder dichtes Dunkel schützend auf,
Doch mancher Führer fiel in unsre Hand
Und theilte knirschend seines Königs Schicksal. —
Mit solchen Pfändern sichrer Unterwerfung
Und reicher Beute kehren wir zurück
Von diesem Kriegszug, der an Einem Tag
Den Trotz der Feinde furchtbar hat gebrochen!

Mechthildis.
So leg' die Waffen ab und komm' zur Halle,
Um dort mit Trank und Speise Dich zu laben.

Graf Hoiko.
Noch ist's nicht Zeit. Bald wird der König hier sein;
Er spricht ein Obdach an in unsrer Burg
Für diese Nacht.

Mechthildis.
Was ich zu bieten habe,
Geb' ich mit Freuden; doch, so hohen Gast
War ich nicht vorbereitet zu empfangen.

Graf Hoiko.
Sei unbesorgt! Der junge König ward
Zu schwelgerischen Sitten nicht erzogen.

Auch ist er hier nicht fremd. Gedenkst Du wol
Des jungen Ritters noch, der beim Turnier,
Das ich den Mannen meiner Graffchaft gab,
Von keinem, als von mir allein, gekannt,
Sich mit den Stärksten maß, und, dreimal Sieger,
Den Preis aus unsrer Tochter Hand empfing?

Mechthildis.
Das war der König?

Graf Hoiko.
War derselbe Jüngling,
— Mein wackrer Schüler in der Kunst der Waffen —
Der, wie im lust'gen Lanzenspiele dort,
So heut in ernster Feldschlacht sich bewährt
Als würd'ger Enkel heldenmüth'ger Ahnen.

Mechthildis.
So schön und tapfer war sein Vater auch;
Mög' ihm ein besser Los beschieden sein!
(Trompetensignal.) *)

Graf Hoiko.
Da kommt der König. Auf denn, ihm entgegen!
(Beide gehen nach der Thür im Hintergrunde.)

---

*) Reisige durch die Mittelthür ab.

Zweite Scene.

König Otto III., Herzog Heinrich von Baiern, Bischof Bruno von Lübeck, Graf Bernward, andere Große und Ritter treten ein — voran Trabanten, Bannerträger und Pagen. Vorige.

König Otto
(zur Gräfin, die ihn mit dem Grafen begrüßt).

Verzeihung, edle Frau, daß wir so keck
In Euers Hauses stillen Frieden brechen!
Doch besser so, als wenn der wilde Wende
Noch einmal Eure Flur zu plündern käme!

Mechthildis.

Euch zu bewirthen, königlicher Herr,
Ist mir zu allen Zeiten theure Pflicht,
Und doppelt werth an solchem Tag des Ruhmes.

König Otto.

So wollet in der Halle uns erwarten!
Noch manche Staatsgeschäfte sind zuvor,
Die keinen Aufschub leiden, zu erleb'gen.
(Führt sie nach der Thür und verabschiedet sich dort von ihr.)

Dritte Scene.

Vorige, ohne die Gräfin.

König Otto
(zu den Trabanten an der Thür).

Man führe die Gefangenen herbei!
(Zwei Trabanten ab.)
Indeß, geliebte Vettern, werthe Mannen,
Nehmt unsern Dank für Eure wackern Dienste
Vor allem Ihr, mein alter, würd'ger Hoiko,
Einst meines Vaters treuer Waffenmeister,
Und dann der meine; dessen kluger Rath
Auch heut den Sieg entschied! O gönnet mir
Das stolze Glück, als König Euch zu lohnen,
Was Ihr dem Reich, was Ihr mir selbst gethan! —
Der eble Gero, den mein Vater einst
Zum Grafen über diese Mark gesetzt,
Fiel, schwer getroffen, heut an meiner Seite,
Mit seinem Blut besiegelnd seine Treu'. —
An seiner Statt ernenn' ich Euch zum Markgraf,
Und Eurer tapfern Obhut übergeb' ich,
Was hier das Reich an Ländern schon besaß,
Und was am heut'gen Tag durch diesen Sieg
Der Schlachten Gott in unsre Hand gegeben.
(Einen Bannerträger herbeiwinkend und ihm das Banner abnehmend, das er Hoiko überreicht.)
Mit dieser Fahne hier belehn' ich Euch,
(sein Schwert dem Grafen reichend)
Und dieses Schwert, womit Ihr einstens mich

Umgürtet habt, da ich von Eurer Hand
Den Ritterschlag empfing — hier, nehmt's zurück!
Führt's zu des Reiches Schutz und seiner Ehre!

        Graf Hoiko (kniend).

Dank, hoher Herr! Und schenke Gott mir Gnade,
Daß ich, der Eure Jugend sah erblühn,
Auch Euers reifen Alters goldne Saat
Im reichen Segen prangend könne schauen!
     (Gibt Fahne und Schwert an zwei Trabanten.)

        König Otto.

Euch, meine edeln Vettern Heinrich, Bruno,
Und Euch, mein wackrer Bernward, sparen wir
Für andre Ehren auf, nicht minder theuer
Dem Wohl des Reichs und unserm eignen Herzen.
     (Die Gefangenen werden eingeführt.)
Doch davon später!

Vierte Scene.

Vorige, König Boleslaw und andere wendische Ge-
fangene, von Trabanten geführt.

        König Otto
        (zu den Gefangenen).

Ihr habt uns schwere Unbill zugefügt,
Und laut um Rache schreien wider Euch
Der Kirchen und der Klöster schwarze Mauern,
Die Eure gottesschänderische Hand

In Asche legte, die zerstörten Burgen,
Der Fluren Oede, denen Euer Fuß
Die Spuren der Verwüstung eingedrückt. —
Wißt Ihr, welch Schicksal Euer Thun verdiente?
(Die Gefangenen machen demüthige Geberden.)
Wenn nicht den Tod, zum mind'sten ew'ge Knechtschaft.
(Die Gefangenen werfen sich flehend zu des Königs Füßen.)
Doch, daß Ihr seht, um wie viel besser ist
Der Christen Gott als Eure blut'gen Götzen,
Und weil ich gern der Gnaden Sonne laß'
Aufgehn ob meiner jungen Herrschaft Morgen,
So will ich Euch ein milder Richter sein.
(Winkt mit der Hand, die Gefangenen erheben sich.)
Hört und verehret dankbar unsern Spruch!
Ihr räumt das linke Ufer dieses Flusses
Für alle Zeit! Auch schwört ihr Lehenspflicht
Dem deutschen König! Seht!
(Auf Hoiko zeigend.)
                        Hier steht der Markgraf,
Der Euch an unsrer Statt befehl'gen wird.
Seid ihm gehorsam, wie uns selbst! Weh' Euch,
Wenn Ihr die Treue je zu brechen wagt!
Ein furchtbar' Strafgericht — beim ew'gen Gott! —
Soll dann vertilgen Euern ganzen Stamm
Sammt Weib und Kind, daß Euers Daseins Spur
Nicht mehr auf Erden mag gefunden werden!
So fallt auf Eure Knie' und huldiget!
(Die Gefangenen knien nieder und rufen: „Wir schwören.") —
Und nun noch Eins! Als Unterpfand der Treu'
Sagt Euern Götzen ab, die Euch verführt,

Uns zu bekriegen! Nehmt den Glauben an,
Den wir bekennen, daß als Brüder wir
Euch lieben dürfen, nicht als Feinde fürchten!
  (Die Gefangenen wenden sich mit Zeichen des Unwillens ab.)
Halt! Keinen Widerspruch! Sonst widerruf' ich
Die schon gewährte Gnad' und lasse Recht
In voller Strenge walten.
    (Zu Hoilo.)
      Schickt, ich bitt' Euch,
Nach einem Priester!
  (Hoilo gibt einem Trabanten ein Zeichen; dieser ab.)
    (Zu den Gefangenen.)
      Folget ihm in Demuth,
Und laßt Euch taufen in des Stromes Welle,
Die wir erst heut mit Euerm Blut geröthet!
Hinweg!
  (Die Gefangenen werden fortgeführt.)

Fünfte Scene.

Vorige, ohne die Gefangenen.

Herzog Heinrich.
Ihr war't zu mild, mein königlicher Neffe!
Nur blut'ge Strenge bändigt diese Heiden.

König Otto.
Der Starke kann verzeihen, wo der Schwache
Nur strafen dürfte.

Herzog Heinrich.
Mög't Ihr's nie bereu'n!
Gebt Acht, nicht lang', so kehren sie zurück
Und zwingen uns zu neuer saurer Arbeit!
König Otto.
So wird, je größer unsre Langmuth jetzt,
Dann doppelt schrecklich unser Zorn sie treffen! —
Doch seid gewiß, sie wagen sich so leicht
An uns nicht wieder. Allzu furchtbar hat
In ihren Reihn das deutsche Schwert gewüthet. —
Gesichert acht' ich so nach dieser Seite
Des Reiches Grenzen. Auch vom Norden droht
Des kecken Dänen Ueberfall uns minder,
Seit Euer tapfrer Arm, mein wackrer Bernward,
Das Danewirk erstürmt und Schleswigs Mark
Aufs neu' dem Feinde siegreich abgerungen. —
So können wir mit freierm Muthe denn
Zu andern Dingen unsre Blicke wenden.
Nach Welschland ruft mich längst des Herrschers Pflicht
Und eigne Neigung.
(Unzufriedene Geberden Heinrich's und anderer Großen.)
Wo der große Karl
Sich einst aufs Haupt die Kaiserkrone setzte,
Wo sich den gleichen Schmuck um ihre Schläfe
Mein Vater und mein Aelterbater wanden,
Da will auch ich des deutschen Reiches Macht
Mit Romas ew'ger Herrlichkeit vermählen.
Auch ziemt es, daß die Wahl des neuen Papstes
Nicht ohne unser, des gebornen Schutzherrn

Der heil'gen Kirche, Zuthun sich vollziehe.
So lab' ich benn für nächsten Neumond Euch
Kraft Eurer Lehenspflicht zum Römerzuge.

Herzog Heinrich.

Wir werden dieser Pflicht uns nicht entziehn.
Doch seid gebeten, Eure Gegenwart,
Sobald Ihr könnt, dem Reich zurückzugeben!
Zu oft schon hat in dieser jüngsten Zeit
Deutschland des Herrschers starke Hand vermißt,
Und mancher Keim feindseliger Verwirrung
Schoß wuchernd auf zu üppig böser Saat.

König Otto.

Ich kenne meine Pflicht als deutscher König,
Doch auch in Welschland gilt's des Reiches Vortheil.

Herzog Heinrich.

Des Reiches Stärke liegt in Deutschland nur.
Jenseit der Alpen, glaubt mir, werden wir
Zwar immer siegen, schwerlich dauernd herrschen,
Denn widerwillig nur erträgt der Welsche
Des Deutschen Joch und scheuet nicht Gewalt,
Nicht List, um seine Fesseln zu zerbrechen.

König Otto.

Und sollt' es nicht gelingen, beide Völker
Im Schatten Eines Thrones zu versammeln?
Des Deutschen Kraft, des Römers eble Bildung
In schöner Eintracht Harmonie zu gatten?
Was sagt Ihr, Bruno, mein geliebter Lehrer,

Deß sanfte Weisheit meinen jungen Geist
Zu allem Hohen, Herrlichen entflammte? ·

Bischof Bruno.
Ein schweres Werk zwar scheint mir's, ich gesteh's,
Doch acht' ich's wol des höchsten Strebens werth,
Daß, wie Ein Kreuz, so auch Ein Scepter nur
Der ganzen weiten Christenheit gebiete,
Daß so im Irb'schen, wie im Himmlischen,
Ein einz'ger Hirt nur sei und Eine Heerde,
Und Friede walte durch die ganze Welt. —
Stets war dies meines Lebens schönster Traum;
Und ihn erfüllt zu sehn, erfüllt durch Euch,
Ihr, einst mein Zögling, jetzt mein theurer Herr!
Das wäre mehr, als ich ertragen könnte.
Gern wollt' ich sterben dann und sterbend beten:
Herr, laß' in Frieden fahren deinen Knecht!

König Otto.
Wohlan! Ihr habt's gesagt. Wir gehn nach Rom!

Herzog Heinrich.
Und warnt Euch Eures Vaters Schicksal nicht,
Den mitten in des Lebens Blütenzeit
Dies falsche Land verrathen und begraben?

König Otto.
Mich ruft sein Geist auf seine Ruhmesbahn,
Vollenden werd' ich, was er kühn begonnen. —
(Zu Herzog Heinrich.)
Doch will ich Euch versprechen, dieses mal
Nicht länger dort in Welschland zu verweilen,

Als nöthig ist, die Papstwahl zu vollziehn
Und mir die röm'sche Kron' auf's Haupt zu setzen.
Euch lass' ich hier an meiner Statt zurück,
So weiß ich wohl versorgt des Reichs Geschäfte. —
Ihr, theurer Bruno, und, Graf Bernward, Ihr
Begleitet mich nach Rom und stehet dort
Mit Euerm klugen Rathe mir zur Seite!
Nun, Oheim, sind Euch dies genug der Bürgen,
Als sichre Wächter meiner raschen Jugend?

Herzog Heinrich.
Nur Eines noch, mein königlicher Neffe,
Laßt, eh' Ihr von uns geht, geordnet sein!
Ihr wißt, daß Eure kaiserliche Mutter
Euch einer Fürstin zu vermählen wünschte
Aus eben jenem hocherlauchten Haus,
Das einst sie selbst zum Heile diesem Reich
Und diesem Thron zum schönsten Schmuck gegeben.
Bezeichnet waren die Gesandten schon,
Die um die Hand der schönen Kaiserstochter
Am byzantin'schen Hofe sollten werben.
Gefall's Euch denn, die Vollmacht zu bestät'gen,
Die ich dazu als Vormund ausgestellt!

König Otto.
Nicht von des Herzens Wünschen wollt' ich sprechen,
Bis ich des Herrschers strenge Pflicht erfüllt;
Doch sei es drum! Und, wie Ihr offen fragt,
So will ich Euch auch offen Antwort geben. —
In allem andern heilig sei mir stets

Der hohen Mutter Will' und weiser Rath;
Das Herz gehorcht der eignen Stimme nur
Und läßt sich nicht gebieten, noch verwehren!
Nicht aus dem fremden Land die fremde Jungfrau
Soll man mir werben; eine deutsche Edle,
Durch meiner Neigung freie Wahl erprobt,
Soll meinen Thron und soll mein Haus mir schmücken!
(Zeichen des Staunens.)
Ihr scheint befremdet. Aber sagt mir doch,
Gibt's ein Gesetz, das Deutschlands König zwingt,
Zu frein, wo er nicht liebt, und, wenn er liebt,
Des Herzens schöne Regung zu ersticken?

Herzog Heinrich.
Zwar kein Gesetz, doch ist's ein alter Brauch,
Daß diesen Thron, den mächtigsten der Welt,
Nur eine Fürstin ziere, dem Gemahl
Nicht allzu ungleich an Geburt und Rang.

König Otto.
Hat dieser Thron nicht schon des Glanzes gnug?
Braucht er nach fremdem Schmucke noch zu trachten?
Wie, oder ist so schwach der Deutschen Herrscher,
Daß, um des Nachbarn Freundschaft einzuhandeln,
Er feilschen müßte mit dem eignen Herzen?
Erkor nicht Heinrich, unser großer Ahn,
Die Gattin zweimal sich aus deutschem Blut?
Und hat sein Stamm, der so gewalt'ge Fürsten
(auf Herzog Heinrich zeigend)
Dem Reiche gab, wol diese Wahl verklagt? —

Ich will nicht Sklav' sein da, wo auch der Aermste
Mit seiner Neigung Freiheit ängstlich geizt.
   (In Aufregung durch den Saal gehend.)

   Bischof Bruno
  (halblaut zu Herzog Heinrich).
Laßt ihn gewähren! Glaubet mir! Sein Herz
Führt ihn nicht irr'.

   Herzog Heinrich.
    Und habt Ihr schon gewählt,
Mein königlicher Neffe?

   König Otto.
    Ja, ich habe;
Und Ihr, Graf Hoiko, sollt Freiwerber sein
Für Euern König.

   Graf Hoiko.
    Ich, mein hoher Herr?
Viel besser taugt' ich wol, ein Wendenlager
Mit einem Reiterhaufen zu erstürmen.

   König Otto.
Und dennoch kann's kein andrer so wie Ihr.

   Graf Hoiko.
Wer ist und wo, die Eure Wahl begnadet?

   König Otto.
's ist Eure eigne Tochter, theurer Graf,
Die holde Gisela. Zwar sah ich sie
Nur einmal, da, als ich aus ihrer Hand

Den Kampfespreis empfing. Allein der Ruf
Von ihrer Schönheit, Anmuth, Sittsamkeit
Und Herzensgüte hat mir laut bekräftigt,
Was stillbewundernd dort mein Auge schaute.
So geht und führt die Holde denn herbei,
Und leihet Euer Ansehn meiner Werbung!

Graf Hoiko.

Ihr seht mich tief bestürzt, mein Herr und König;
Ich bitt' Euch, wollt noch einmal doch erwägen,
Ob nicht, wenn Ihr zu uns heruntersteigt,
Sich Eure Hoheit allzu tief erniedrigt!

Graf Bernward.

Wenn Ihr in Deutschland Euch die Gattin sucht,
Fürwahr, so konntet Ihr nicht besser wählen;
Im ganzen Sachsenland ist Gisela
Gepriesen als das Muster aller Jungfraun.

König Otto
(dem Grafen Bernward die Hand drückend).

Ich dank' Euch, Graf!
(Zu Graf Hoiko.)
O zögert länger nicht,
Und stillet meines Herzens Ungeduld!

Herzog Heinrich.

Geht, edler Graf! Des Königs Will' ist frei
Und nur sich selbst zur Rechenschaft verpflichtet.

Graf Hoiko.

Ich geh' und flehe Gott um Segen an,
Daß alles Heil aus diesem Ehebunde

Zu Euerm und des Reiches Frommen diene;
Müßt' aber Unheil kommen, o so möge
Es auf mein Haupt nur fallen und mein Haus!
(Ab.)

Sechste Scene.

Vorige, ohne Graf Hoilo.

König Otto.

Ich bitt' Euch, liebe Herren, tretet ab
Für kurze Zeit! Der fremden Männer Anblick
Könnt' leicht der Jungfrau Schüchternheit erschrecken;
Bald, will's der Himmel, ruf' ich Euch zurück,
Euch zu verkünden Euers Königs Glück.
(Die Großen ziehen sich in den Hintergrund zurück.)

Siebente Scene.

Von rechts *) treten auf: Graf Hoilo, Mechthildis, zwischen beiden Gisela, welche die Augen zu Boden geschlagen hat, sodaß sie den König, welcher auf sie zugeht, nicht sogleich sieht.

König Otto.

O theure Gisela!

---
*) Aus Coulisse 1.

Gisela
(die Augen aufschlagend).

Wie? Ihr der König?

König Otto.

O laßt dies zarte Roth der holben Scham
Die Morgenröthe meines Glückes sein!
Ich liebt' Euch unerkannt; ach, dürft' ich doch
So um Euch werben auch! Dann wär' ich sicher,
Daß nicht mein goldner Thron und Königsname,
Daß nur mein eigen Selbst in der Entscheidung
Den Ausschlag gäbe. — Doch, wie ich Euch kenne,
Lockt Euch nicht äußrer Schein. Auch wollt' ich lieber
Von Euch verworfen sein (obgleich das Herz
Darob mir bräche), als gewählt allein
Um eiteln Schimmer. — Sprecht nun, Gisela,
Nicht wie zum König, wie zu jenem Ritter,
Als den Ihr mich zum ersten mal gesehn!

Gisela.

Mein hoher Herr! Wär't Ihr noch jener Ritter,
Und würb't um mich, ich sagte wol nicht: Nein!
Denn, seit ich Euch an jenem Tag gesehn,
Trug ich in meinem Herzen Euer Bild.
Doch zu der Hoheit, die Euch jetzt umstrahlt,
Wag' ich das Auge nicht emporzuheben.
Im Brauch der Höfe bin ich unbewandert,
Und fremd in allem, was dort glänzen mag.
Beschämend wär' für Euch der Gattin Wahl,
Euch ferner noch an Geist, als an Geburt.

König Otto.

So, wie Ihr seid, so hab' ich Euch begehrt;
Wär't anders Ihr, Ihr wär't mir minder werth.
Und, hat mir Liebe Euer Mund bekannt,
So nehm' ich jetzt Besitz von Eurer Hand.
(Ihre Hand fassend, zu dem Grafen und der Gräfin.)
Gebt Euern Segen!

Graf Hoiko.

Wenn Ihr's je bereutet!

König Otto.

So werd' ich auch bereu'n, daß ich ein Sachse,
Aus Heinrich's Stamm und deutscher König bin.

Mechthildis.

Des Himmels Schickung müssen wir verehren;
Was er gefügt, wird er zum Besten kehren.

König Otto
(nach dem Hintergrunde rufend).

Kommt, meine Edeln, kommt und grüßet laut
Die Jungfrau hier als Euers Königs Braut!

Achte Scene.

Herzog Heinrich, Bischof Bruno, Graf Bernward und andere Große, wieder nach vorn kommend.
Vorige.

Herzog Heinrich
(das Knie vor Gisela beugend).

Durch solche Wahl bezwungen ist mein Sinn,
Und huld'gend grüß' ich Deutschlands Königin!

Graf Bernward (ebenso).

Heil diesem Tag, der zwiefach reich an Glück
Für unsers Königs und des Reichs Geschick!

Bischof Bruno
(die Hände erhebend).

Des Himmels Segen in der Kirche Namen
Sprech' ich ob diesem Bunde: Amen!.

Die Andern.

Amen!

König Otto.

So laßt uns denn das Hochzeitsfest begehn
Beim nächsten Mond in unsrer Pfalz zu Dornburg!
Ihr alle seid geladen! — Wenn wir dort
Mit muntern Spielen, mit Turnier und Tanz
Der Freude ihren schuld'gen Zoll entrichtet,
Dann brechen wir sogleich gen Süden auf,
Und tragen Deutschlands Banner nach Italien.

(Ab mit Gisela durch die Mitte, gefolgt von den Uebrigen.)
(Verwandlung.)

Neunte Scene.

Freier Platz am Abhange der Alpen, die man im Hintergrunde sieht. Ein Weg führt von dort nach vorn herab; rechts vorn eine niedere Felsplatte, von Bäumen überragt.*) Von rechts und links treten ungefähr gleichzeitig auf: der **Markgraf von Spoleto** und der **junge Doge von Venedig**, beide mit Gefolge und mit Bannern.

Markgraf von Spoleto.

Wie? Seh' ich recht? Sind das die Farben nicht
Von unsrer Meereskönigin Venedig?

Der junge Doge.

Und grüß' ich nicht in Euch Spoletos Markgraf?

Markgraf.

Uns führt, so scheint's, die gleiche Absicht her.

Der junge Doge.

Dem Kaiser unsre Ehrfurcht zu bezeigen
Hier, wo sein Fuß zuerst dies Land betritt,
Entsandte mich mein Vater. Unser Handel
Bedarf der Sonne kaiserlicher Huld;
Auch hoffen wir auf einen günst'gen Schiedsspruch
In unsrer Sache mit Bellunos Bischof.

Markgraf.

Genau mein Fall. Des Heil'gen Vaters Tod
Erneut den alten Grenzstreit, der schon lange

---

*) Felsenprospect auf Coulisse 7; davor ein praktikabler Weg, nach vorn herabführend. Die Felsplatte, ein Versetzstück auf Rollen, wird auf das Verwandlungszeichen nach Coulisse 1 rechts vorgerollt.

Sanct-Petri Stuhl und unsre Mark entzweit.
Drum, eh' des Kaisers Ohr von unsern Feinden
Belagert werd', eilt' ich entgegen ihm,
Mich seiner Gunst im voraus zu versichern.

Der junge Doge.

So suchen beide wir des Fremden Beistand
Wider den eignen Landsmann. Traurig Los
Des schönen Landes, das in innern Kämpfen
Sich selbst zerfleischt!

Markgraf.

Das steht nun nicht zu ändern.
Schon seit Jahrhunderten ist dies Italien
Der Fremden Tummelplatz, und wird es bleiben,
So lang das Meer an seine Ufer schlägt.
Drum strebe jeder nach des Mächt'gen Gunst,
Die ihm kann schaden oder Vortheil bringen.

Der junge Doge.

Seht! welch ein neuer Zug kommt dort heran?

Markgraf.

Bei Gott! das sind die röm'schen Abgesandten,
Und vom Crescentius selber angeführt,
Dem schlausten Mann in Rom. O weh, so ist
Schon halb verloren meiner Sendung Müh'!

Zehnte Scene.

Crescentius und andere römische Große, weltliche und geistliche (von rechts auftretend). Vorige.

Crescentius.
Gott grüß' Euch, eble Herren! Wie, Herr Markgraf,
Trifft man Euch hier? Das muß 'was Wicht'ges sein,
Was Euch vom Ufer der Mareggia her
Bis zu der Gletscher ew'gem Eise führte.

Markgraf.
Mein Weg ist kaum so weit doch wie der Eure.

Crescentius.
Uns aber treibt ein allgemeiner Zweck,
Der Kirche Vortheil.

Markgraf.
   Sagt: der Eurige!
Ihr wollt den Kaiser Euch zu Dank verpflichten.

Crescentius.
Ihr freilich säh't es lieber, wenn er Euch,
Uns zu bedrücken, seinen Beistand lieh'.

Der junge Doge.
Ich bitt' Euch, gebt dem Fremden nicht das Schauspiel
Des innern Haders! Seht, dort steiget schon
Der Deutschen Vorhut von den Höhen nieder.

Elfte Scene.

Graf Bernward, mit Trabanten und Bannerträgern den Weg vom Hintergrunde herabkommend. Vorige, ihm entgegengehend.

Graf Bernward.

Willkommen, eble Herr'n! Verweilet hier!
Der Kaiser und die Kais'rin stiegen eben
Von ihren Rossen. Beide werden bald
Zur Stelle sein. Der Kaiser ist gewillt,
Hier auszuruhn, wo sich Italien
Von Deutschland scheidet, und die Abgesandten
Hier zu empfangen.
(Zu den Bannerträgern).
Pflanzt die Banner auf!
(Die kaiserlichen Banner werden rechts und links neben der Fels-
platte vorn befestigt.)

Markgraf.

So laßt dem Kaiser uns entgegengehn
Bis an die letzten Marken dieses Landes!
(Die Italiener gehen gegen den Hintergrund, wo Kaiser, Kaiserin,
Bruno und Gefolge sichtbar werden, und stellen sich zu beiden Seiten
des Weges auf.)

Graf Bernward (zu den Trabanten).

Die Tepp'che breitet über diesen Stein,
Den die Natur zum Throne selbst geformt! (Geschieht.)
(Der Kaiser hat inzwischen die Italiener begrüßt und kommt jetzt,
die Kaiserin führend, nach vorn.)

Zwölfte Scene.

**Kaiser Otto*), Kaiserin Gisela, Bischof Bruno,
andere Große, Ritter, Pagen u. s. w.**

Kaiser Otto.

Ich grüße dich, du Zauberland Italien! —
Da liegt es hingegossen vor mir da,
Wie ich's geschaut in meiner Kindheit Träumen,
Wie's meine Aeltermutter Adelheid
Mir oft geschildert. —

(Zur Kaiserin.)

Blick' hinab! Dort schlingt
Durch blühnde Triften und durch Weingelände
Die Etsch das Silberband. Von drüben ragen
Der Alpen majestät'sche Häupter nieder,
Und, wie demüthig, schmiegt zu ihren Füßen
Die weite Ebne sich. — Hier athmet alles
Des Lebens Fülle und der Schönheit Glanz.
Hier geht das Herz mir auf in Seligkeit,
Das unter Deutschlands kaltem Nebelhimmel
Mir oft erstarrend in der Brust gezuckt. —
Von jenen schneebedeckten Höhen stiegen
In grauer Vorzeit unsre Väter nieder
In dieses Land, und, wo die stolze Roma
Dem ganzen Erdkreis einst Gesetze gab,

---

*) Obgleich Otto eigentlich erst durch die Krönung zu Rom wirklich römischer Kaiser ward, so wird er doch, damaligem Brauche gemäß, schon vom Eintritte in Italien an so titulirt.

Ward deutsche Kraft die Erbin ihrer Macht. —
(Setzt sich vorn auf den improvisirten Thron und ladet die Kaiserin
zum Niedersetzen ein.)
Sieh, wie dem deutschen Kaiser huldigend
Italien naht! — Und doppelt froh genieß' ich
Der Majestät erhabenen Triumph,
Da ich mit Dir, Geliebte, ihn kann theilen.

Die Kaiserin.

Was Dich erfreut, ist mir auch lieb und werth,
Doch steht des eignen Herzens Sinnen mir
Nach solchem Glanze nicht. Du wärst nicht größer,
Wenn Dir die ganze Welt zu Füßen läge,
Als Du im Kreis der Mannen mir erschienst,
Die als der Tapfern Tapferſten Dich priesen.

Kaiser Otto
(zu Bischof Bruno, der indeß mit den Italienern gesprochen).

Führt mir die Fürsten und Gesandten vor
Und nennet mir den Inhalt ihrer Botschaft!

Bischof Bruno (vorstellend).

Dies ist der edle Markgraf von Spoleto,
Und dies Venedigs junger Herzog. Beide
Begehren Euern kaiserlichen Schiedsspruch
In Streitigkeiten mit der röm'schen Kirche.
(Die Italiener verneigen sich.)

Kaiser Otto.

Es ist ein altes gutes deutsches Wort:
Wo zwei sich streiten, soll man beide hören,
Und dann erst richten. — Eure Gegnerin,

Die heil'ge Kirche, ist jetzt stumm, weil ihr
Das Haupt gebricht. Drum, eh' wir hier entscheiden,
Erwarten wir, wie sich der Adel Roms
Mit uns verständigt, den verwaisten Stuhl
Sanct-Petri würdig wieder zu besetzen.

Bischof Bruno.
Hier, hoher Kaiser, stehn die Abgesandten
Des röm'schen Adels.

Kaiser Otto.
Wohl, so tretet vor
Und sagt, mit welchem Auftrag ihr gekommen!
(Die Römer treten unter Verbeugungen vor den Kaiser.)

Crescentius.
Erhabner Kaiser, hört uns gnädig an!
Besorgt, daß der Parteien blinde Wuth,
Die schon so oft Verwirrung angerichtet,
Auch jetzt der Papstwahl heil'ges Werk entweihe,
Zugleich in schuld'ger Ehrerbietung huld'gend
Dem deutschen Kaiser, seinem hohen Schutzherrn,
Beschloß der Adel Roms: für dieses mal —
Mit Vorbehalt von allen seinen Rechten —
Demüthig Eure Weisheit anzuflehn,
Daß sie ein Haupt der Kirche wolle geben.

Kaiser Otto.
Mit Wohlgefallen hör' ich Eure Bitte,
Und nicht zu beff'rer Stunde konntet Ihr
Vor mir erscheinen.
(Auf Bischof Bruno deutend.)
Seht, hier steht der Mann,

Der dieses heil'gen Amts so würdig ist
Wie keiner sonst — so edel von Geburt
Wie von Gemüth, und königlichen Geistes.
Daß er des deutschen Kaisers Anverwandter
Und Busenfreund, ist das geringste nur
Von den Verdiensten, deren reicher Kranz
Ihm strahlend schmücket die bescheidne Stirn. —
(Mit gehobener Stimme und scharfem Tone.)
Er war's auch, der zur Milde gegen Euch
Fürbittend den gerechten Zorn mir wandte,
Und ihm verdankt Ihr's, wenn die schwere Schuld,
Die mir an Euch zu rächen als des Vaters
Erbtheil obläg', verzeihend ich vergesse. —
(Aufstehend — feierlich.)
Wohlan! Kraft meines kaiserlichen Vorrechts
Und auf Ersuchen der Gesandten Roms
Ernenn' ich Bruno, Lübecks würd'gen Bischof,
Zum Bischof Roms und zum Statthalter Christi
In allen Landen der bewohnten Erde.
(Hörnertusch, Fahnenschwenken. Alles neigt sich vor dem neuen Papst.)

Bischof Bruno.
Unwürdig zwar so hocherhabnen Amtes
Acht' ich mich selbst, denn, ist auch rein mein Wille,
Doch bin ich nur ein armer, sünd'ger Mensch.
Allein der Herr ist mächtig auch im Schwachen;
Er wolle mich zu seinem Werkzeug weihn,
Mit seinem heil'gen Geiste mich bewachen,
Und mir durch seine Gnade Kraft verleihn!

Kaiser
(vom Throne steigend und Bruno bei der Hand fassend).

Glückſel'ger Augenblick, wo Rom und Deutſchland
In Eins verſchmelzen, wo Sanct-Petri Stuhl
Und der Ottonen mächt'ger Kaiſerthron
Vereinigt ſind durch zarter Freundſchaft Bande!
(Zu den Umſtehenden.)
O laßt uns dieſer gottgeweihten Stunde
Uns würdig zeigen! Hier, wo die Natur
Mit weiſer Hand der beiden Länder Grenzen
Ununterſcheidbar ineinander wob,
Im Angeſichte dieſer Bergesrieſen,
Von denen Eure Ströme niederfließen,
In dieſer Sonne Strahl, die unſer Blut
Befeuert mit des Südens raſcher Glut,
Laßt uns abſchwören allen Haß und Neid,
Laßt Herz an Herz in ſchönem Bund erwarmen,
Und, wie ſich Papſt und Kaiſer hier umarmen,
So ſei Ein Volk die ganze Chriſtenheit!
(Der Kaiſer umarmt Bruno, Deutſche und Italiener eilen auf einander
zu und reichen ſich die Hände.)
(Vorhang fällt.)

Zweiter Act.

Erste Scene.

Freier Platz in Rom. Hinten quervor eine Kirche, von deren breiten Thüren *) Stufen nach dem Platze herunterführen. Rechts ganz vorn ein Thron mit zwei Sesseln, mit dem päpstlichen und dem kaiserlichen Wappen geschmückt. Dahinter, etwas nach dem Hintergrunde, Trümmer von Säulen oder Bogen. **) — Zwischen dem Throne und der Kirche deutsche Krieger, an ihrer Spitze, zunächst dem Throne, Graf Bernward. — Links vorn die Abgesandten des Königs von Frankreich; Volk (Männer und Frauen). — Beim Aufgehen des Vorhangs hört man aus der Kirche gedämpften Orgelklang. Die Thüren der Kirche öffnen sich, es erscheinen auf der Schwelle Bischof Bruno (nunmehr Papst Gregor V.) im vollen päpstlichen Ornat, zu seiner Rechten Kaiser Otto III. im Kaiserornat mit der römischen Krone, hinter ihm Cardinäle und andere Geistliche — unter ihnen Gerbert —, römische Edle, an ihrer Spitze Crescentius; Markgraf von Spoleto, der junge Doge von Venedig, Volk. — Der Papst spricht mit erhobenen Händen das: Domine salvum fac Imperatorem! worauf Musik ertönt und alle Umstehende rufen: „Heil Kaiser Otto III.!"

---

*) Die Thüren praktikabel.
**) Ebenfalls praktikabel. Der Thron auf Rollen zum Hinausverwandeln.

Kaiser.

Wie wir hier stehn vor Gottes Angesicht
Und vor dem Volke dieser ew'gen Stadt,
So, treu verbunden, wollen wir der Welt
Ein nie gesehen, herrlich Schauspiel geben:
Die beiden höchsten Herr'n der Christenheit
Auf Einem Throne sitzend zu Gericht,
In Einem Geiste waltend und regierend.

(Er besteigt mit Papst Gregor den Thron, indem er diesen durch eine Handbewegung einladet, den Sitz zur Rechten einzunehmen.)

(Das Volk ruft: „Heil Otto und Gregor!")

Kaiser.

Herolde! Geht und ruft es durch die Straßen:
So jemand eine Klage oder Bitte
Hat vorzubringen, gegen wen es sei,
Ob geistlich oder weltlich Regiment,
Und ob er selber Deutscher oder Römer,
Weß Landes, Stammes oder Rangs er sei,
Der trete her vor diesen Richterstuhl
Und sei gewärtig billigen Entscheids!

(Herolde ab.)
(Zu den italienischen Fürsten gewendet.)

Auch Euch, Ihr Fürsten, hab' ich her entboten
In gleicher Absicht. — Markgraf von Spoleto,
Ob Eures Zwistes mit Sanct=Petri Stuhl
Wird Euch der Heil'ge Vater selbst bescheiden;
Er kennet Eurer Forb'rung Grund und Inhalt.
So sprecht, mein theurer Bruder!

Papst Gregor.
                                Edler Markgraf,
Die Scholle Landes soll uns nicht entzwein.
Zwar acht' ich jene alte Satzung hoch,
Wonach der Papst soll Herr auf eignem Grund
Und keinem andern unterthänig sein.
Doch mein' ich, daß der Kirche Kraft und Ansehn
Sich nicht nach Meilen irb'schen Bodens messe.
Mit Gottes gnäd'gem Beistand denk' ich sie
Auf einem stärkern Felsen zu erbau'n.
Nehmt denn von mir das streit'ge Stück zu Lehn,
Und schützt dafür das Andre um so treuer!
(Der Markgraf zieht sich mit einer Geberde des Dankes und der Ergebenheit zurück.)

Kaiser.
Dem Sohn des Dogen von Venedig laßt
Auf seine Forb'rung mich die Antwort geben!
Ihr streitet mit dem Bischof von Belluno
Um einen Zehnten. Wenig ist's für Euch,
Die reichen Handelsherr'n der Adria,
Viel für die Kirche, die Verwalterin
Des Guts der Armen und Bedürftigen.
Sagt Euerm Vater: Er verzichte drauf!
Und, deß zum Lohne, will ich Euern Schiffen
Des Reiches Häfen öffnen, Euern Waaren
Des Reiches Märkte. Seid Ihr's so zufrieden?

Der junge Doge.
Mit tiefem Danke wird dies Kaiserwort
Mein Vater und Venedigs Rath verehren.
(Tritt zurück.)

Ein alter Bauer
(mit noch andern sich aus der Menge hervordrängend und vor dem
Throne auf die Knie fallend).

O, großer Kaiser! Denkst du so der Armuth,
So hilf' auch uns in unsrer bittern Noth!

Kaiser.

Steht auf! Wer seid Ihr?

Bauer (aufstehend).

Arme Bauern sind wir
Aus der Campagna, die das nackte Leben
Des Bodens unfruchtbarem Schos und gift'gen
Ausdünstungen abringen kümmerlich.

Kaiser.

Und was begehrt Ihr?

Bauer.

Nur Gerechtigkeit!
Von Alters her gehört der zehnte Theil
Von allem, was wir bau'n, den gnäb'gen Herren
Hier in der Stadt. Wir gaben's ohne Murren,
Fiel's uns auch schwer. Seit wen'gen Jahren aber
Hat ihr gestrenger Wille diesen Antheil
Verdoppelt, ja verdreifacht. Unerbittlich
Erheben ihre Vögte den Tribut
Vom Saft der Reben, von des Oelbaums Frucht
Vom Vieh auf unsern Weiden, ja vom Korn,
Dem Unentbehrlichsten zur Leibesnothdurft.
Sie rührt es nicht, wenn uns der Hunger nagt,
Und ihre Härte spottet unsrer Bitten.

Dich aber hat der Himmel uns gesandt
Als unsern Retter aus Verzweiflungsnöthen.

Kaiser.

Crescentius, was sagt Ihr zu der Klage?

Crescentius.

Daß es ein Recht des röm'schen Adels ist,
Frei zu besteuern seine Unterthanen,
Wie's ihm beliebt. Bei jeder neuen Papstwahl
Wird dieses Recht von neuem ihm bestätigt;
Dafür beschützt der Adel den Gewählten
Und leistet ihm den schuldigen Gehorsam.

Papst Gregor (aufstehend).

Um solchen Preis mag ich die Würde nicht!

Kaiser.

Seid unbesorgt! Ich war's, der Euch erwählt,
Und mir nur sollt Ihr Euern Schutz verdanken.
Dem Adel Roms entbiet' ich aber dies:
Wofern noch einmal Klage vor mich kommt,
Daß Ihr das arme Volk bedrückt und plündert,
So zieh' ich Eure Güter ein fürs Reich,
Denn wahrlich, besser nicht, als Felonie,
Ist solch unmenschlich und unchristlich Walten.

Crescentius.

Herr Kaiser, das ist wider unsre Rechte.

Kaiser.

Kann in der Christenheit ein Recht bestehn,
Unrecht zu thun an seinen armen Brüdern?

Sprecht, heil'ger Vater, sprecht, im Namen dessen,
Der, selbst geboren in der Niedrigkeit,
Ein Heiland war der Armen und Bedrängten!

Papst Gregor.

Kraft meines Amtes, das von oben stammt,
Erklär' ich null und nichtig jedes Vorrecht,
Das wider christliche Barmherzigkeit
Und wider Gottes heil'ge Ordnung streitet.

Kaiser.

Ihr habt's gehört. Und nichts auf Erden soll
An diesem Spruch auch nur ein Jota ändern.

(Jubel des umstehenden Landvolkes: „Hoch Otto, hoch!" Crescentius
und die Seinen gehen unwillig ab.)

Der heilige Nilus
(von einem Knaben geführt).

(Bei seinem Eintritt wirft sich das Volk auf die Kniee und läßt sich von
ihm segnen, Kaiser und Papst erheben sich und begrüßen ihn
verehrungsvoll.)

O du gebenedeites, edles Paar!
Ach, daß mein Aug' Euch nicht vermag zu schauen!
Doch Eure Stimme traf mein lauschend Ohr
Wie Halleluja aus des Himmels Höh'n.
Drei lange Menschenalter lebt' ich schon,
Und sah der Dinge viel, auf dieser Welt,
Doch solchen Bund, so schön, so gottgefällig,
Sah ich noch nicht bis auf den heut'gen Tag.
Mit Freuden will ich nun das Jrd'sche segnen,
Denn größer Heil kann nimmer mir begegnen!

(Ab; das Volk drängt sich wieder um ihn, er segnet es; Kaiser und
Papst erheben sich abermals.)

Kaiser.

Des Amtes Pflichten haben wir erfüllt,
So laßt uns jetzt auch seiner Rechte denken!
Man soll nicht sagen, daß der deutsche Papst,
Den Rom aus meinen Händen hat empfangen,
Der Kirche keinen Mahlschatz zugebracht!
Ihr wißt, daß ich das große Volk der Wenden
Sammt ihrem König Boleslaw besiegt
Und die Besiegten habe taufen lassen.
In jenen weiten Landen, wo bisher
Nur hochgethürmt auf blutigen Altären
Den wilden Götzen Menschenopfer rauchten,
Will ich Bisthümer gründen, Klöster bauen,
(zum Papste gewendet)
Und Euer sei das Recht, sie zu besetzen. —
Doch, wenn ich so durch deutschen Schwertes Kraft
Der Kirche Macht zum fernsten Osten trage,
Werd' ich nicht dulden, daß derweil im Westen
Ihr Recht man kränke.
(Zu Bernward.)
            Sind die Abgesandten
Des fränk'schen Königs, ist der edle Bischof
Von Rheims zur Stelle?

Graf Bernward
(die französischen Abgesandten und Gerbert vorführend).

            Hier, mein Lehensherr!

Kaiser (zu Gerbert).

Ihr klagt, daß Hugo Capet Euch vertrieb
Von Euerm Bischofssitz?

Gerbert.
So ist's, mein Kaiser!
Kaiser.
Und ohne die Bewilligung des Haupts
Der Kirche?
Papst Gregor.
Sie ward nicht ertheilt, ich weiß es,
Und ich verweigre sie, (zu den Gesandten) so lang Ihr nicht
Mit beßren Gründen Eure Sache führt.
Abgesandter.
Doch wenn der König, unser Herr, beharrt
Auf seinem Recht als Souverän des Landes?
Papst Gregor.
So appellir' ich an den röm'schen Kaiser,
Des Heil'gen Stuhls gebornen Schirm- und Schutzherrn,
Dem alle Könige sind unterthan.
Kaiser
(zu den Abgesandten).
Geht denn zurück und kündigt Euerm Herrn:
Wofern nicht seine Boten, Unterwerfung
Mir meldend, dort mich treffen, wo der Weg
Nach Deutschland sich von dem nach Frankreich scheidet,
So steh' ich vor Paris im nächsten Mond,
Und dann mag Hugo seine Krone wahren!
Nun fort! Laßt Eure Rosse nicht verschnaufen!
Beim ew'gen Gott! Ich halte, was ich drohe.
(Die Abgesandten eilig nach rechts ab, das Volk hat sich zum Theil entfernt, zum Theil hinter die Trümmer zurückgezogen; nur Graf Bernward und seine Krieger stehen noch in der Nähe des Throncs.)

Kaiser
(steigt sammt dem Papst vom Throne; Pagen nehmen ihm den
Mantel ab).
(Zu Gerbert.)

Willkommen, würd'ger und gelehrter Bischof!
Längst wünscht' ich, Euer Angesicht zu schaun
Und Euers Mundes Rede zu vernehmen.
Der Ruf von Eurer Weisheit drang schon früh
Zu meinem Ohr, und oft verlangt' es mich,
Manch' wichtig' Thema mit Euch abzuhandeln.
Stets sehnt' ich mich nach jener milden Weisheit,
Die aus dem Anschaun dieser hehren Trümmer
Vergangner Größ' und Hoheit, aus der tiefen
Gelehrsamkeit der alten Schriftenwerke
Dem wissensdurst'gen Geist entgegenquillt.
Nie aber sprach mein theurer Lehrer hier,
Mein edler Bruno, mir von solchen Schätzen,
Daß er nicht Euer voll Bewundrung dachte,
Als höchsten Musters aller Lebenden
In jeder Art von Wissenschaft und Bildung.

Gerbert.

Zwiefach beschämt aus solchem Munde mich
So überreiches Lob. Seid Ihr doch selbst
Ein Wunder fast, so jung und so berühmt
Durch tapfre Thaten, wie durch klugen Geist;
Der Mutter Weisheit mit des Vaters Stärke
Vereinigend in seltner Harmonie;
Dem Recht nach Römer, Grieche durch Geburt,
Doch mehr noch beides durch des Wissens Schätze

Und alles Schönen herrlichste Begabung.
Ja, danken muß ich meinem Misgeschick,
Da es in Eure Sonnennäh' mich brachte.

Graf Bernward
(zum Kaiser).

Die Kais'rin naht.

Kaiser.

Ich eile ihr entgegen.
(Links ab. Alle, außer Gerbert und Gregor, folgen ihm.)

Zweite Scene.

Papst Gregor. Gerbert.

Papst Gregor.

Auch ich begehre Euern klugen Rath
Für schwerer Pflichten würdige Vollbringung.
Hoch in den Himmel ragt der Kirche Bau,
Und eine lange Reih' von Päpsten hat
Wetteifernd sich bemüht, die stolze Kuppel
Mit immer neuem Glanze zu vergolden.
Doch ach! auf morschen Säulen ruht das Haus,
Denn, der es stützen soll, der Geist des Herrn
Entwich daraus. Statt sanfter Nächstenliebe
Regiert den Priester kalter Eigennutz,
Und schnöde Weltlust statt der frommen Zucht.
Hier gilt es viel zu bessern, und ich will's.
Doch fordr' ich Euern Beistand. Euern Ansehn

Und des verwandten Bluts gewohnter Stimme
Beugt leichter sich der Welsche, der in uns
Des Nordens rauhe Söhne nur verachtet.

Gerbert.

Verfüget über mich als Euern Knecht!

Papst Gregor.

Bleibt mind'stens hier bis zu des Streites Austrag
Und seid als Gast willkommen mir in Rom!

Dritte Scene.

Kaiser, Kaiserin, mit Gefolge. Vorige.

Kaiser
(zur Kaiserin, ihr Gerbert vorstellend).

Dies ist der fromme Erzbischof von Rheims,
Nächst unserm theuern Anverwandten hier
Der würdigste von allen Kirchenfürsten.

Kaiserin.

Verzeiht, daß ich in Euern Kreis mich dränge!
Wie ich vom Fenster dort herniedersah,
Da schien es mir, Du winktest mit der Hand
Zu mir hinüber, als begehrtest Du
Mit mir zu sprechen, und so bin ich hier.

Kaiser.

Du kommst zur guten Stunde, denn ich geize
Mit jedem Augenblick, der mir vergönnt,

Dich noch zu sehn. Des Amtes Pflichten rufen
Mich nach dem Norden. Mit mir Dich zu führen,
Da wir vielleicht auf raschem Kriegszug bald
Das Moos zum Pfühl, zum Dach den Himmel nehmen,
Ist so unmöglich mir, als, Dich allein
Auf anderm Weg nach Deutschland heimzusenden.
So bleib' denn hier! Ich selber kehre wieder,
Sobald ich kann, denn nur an Eurer Seite,
Ich fühl's, mein theurer Bruno, ist mein Platz.

Papst Gregor.
Er ist, wohin des Reiches und der Kirche
Einträchtiglich verbundnes Wohl Euch ruft.

Kaiser (zur Kaiserin).
Und zürnst Du mir auch nicht, daß ich noch länger
Der süßen Heimat und der Deinen Anblick
Dir vorenthalte?

Kaiserin.
Was Du auch beschließest,
Ich weiß, die Liebe leitet Deine Wahl,
Und mir geziemt Vertrauen und Gehorsam.

Kaiser.
Komm denn, geleite zum Palaste mich!
Laß uns für dort den letzten Abschied sparen!
(Zu Graf Bernward.)
Ihr bleibt mit Euern Kriegern hier zurück
Und schützt mir diese beiden theuern Häupter!
(Auf die Kaiserin und den Papst zeigend.)

Zwar scheint mir wohlgesinnt dies Volk von Rom,
Und unbesorgt darf ich von hinnen gehn,
Doch doppelt ruhig, wenn ich diesen Schatz
In Eurer treuen Obhut weiß geborgen.
(Zu Gerbert.)
Und treff' ich Euch bei meiner Rückkehr noch?

Gerbert.
Eu'r kaiserlicher Wunsch ist mir Befehl.

Kaiser (zu Papst Gregor).
So nehmt vom Freund den letzten Liebeskuß!
(Ihn küssend und dann niederknieend.)
Als Haupt der Kirche segnet mich beim Scheiden

Papst Gregor.
Geht hin und schaffet, was dem Reiche noth!
Ich will indeß der Kirche treulich warten.
(Kaiser, Kaiserin, Gefolge, Bernward und Krieger nach links ab.)

Vierte Scene.

Papst Gregor, Gerbert. Man hört Orgelklang aus der Kirche.

Papst Gregor.
Kommt, beten wir zu Gott, daß er den Kaiser
Uns wohlbehalten lasse wiedersehn!
(Beide ab in die Kirche, die sich hinter ihnen wieder schließt.)

Fünfte Scene.

Zwei Römer, die unweit der Sprechenden hinter den Trümmern verborgen gestanden, kommen nach vorn.

Erster Römer.

Schöne Aussichten das für die neue päpstliche Aera.

Zweiter Römer.

Wie es scheint, will der deutsche Murrkopf ganz Rom in ein Kloster verwandeln.

Erster Römer.

Da wäre der Sforza doch ein anderer Herr gewesen; der hatte uns schon im voraus ein Dutzend Extrafeiertage mit öffentlichen Spielen und Falerner Wein versprochen.

Sechste Scene.

Ein Priester (quer über die Bühne gehend). Vorige.

Zweiter Römer (zu dem Priester).

Segnet mich, frommer Vater, ich sage Euch auch eine Neuigkeit, die Euch angeht.

Priester (ihn segnend).

Die Heiligen seien mit dir! Was ist's, mein Sohn?

Zweiter Römer.

Ihr sollt fortan ein züchtigeres Leben führen, will der Papst.

Erster Römer.

Ihr sollt den Wein und die Frauen meiden und Euer überflüssiges Geld den Armen geben.

Priester.

Was treibt Ihr für unzeitigen Scherz mit mir, Ihr losen Weltkinder?

Erster Römer.

Beim Bacchus, 's ist wahr, wir haben's mit unsern eignen Ohren gehört.

Priester.

Der Herr erleuchte den Heiligen Vater, wir sind allzumal Sünder.

(Ab nach rechts.)

Siebente Scene.

Odoardo. Vorige.

Odoardo.

Nun, was sagt Ihr dazu, daß diese Deutschen unser Land an den hungerleibigen Markgrafen verschenken und unsern Adel beschimpfen, lumpigem Bauernvolke zu Liebe?

Erster Römer.

Warum hat auch der Adel sein Recht der Papstwahl dem Kaiser abgetreten?

Odoardo.

Warum? Weil er ihn der Stadt günstig stimmen wollte, damit er's nicht mit unsern Nachbarn hielte, die uns ohnehin immer mehr einschnüren, und weil wir einmal Ruhe brauchten, um wieder Kräfte zu sammeln.

Erster Römer.

Da sind wir nun schön betrogen!

Zweiter Römer.

Was ist zu thun?

Odoardo.

Wir müssen's eben wieder auf die andre Art versuchen.

Erster Römer.

Ihr meint, wie zu des zweiten Otto Zeiten?

Zweiter Römer.

Seid Ihr nicht vom Hause des Crescentius?

Erster Römer.

Was thut das? Wenn's gegen die Fremden geht, sind Adel und Volk von Rom Eins.

Zweiter Römer.

Aber juckt denn Euerm Herrn nicht der Hals, wenn er sich erinnert, wie knapp er das letzte mal mit dem Leben davonkam?

Odoardo.

Mein Herr denkt, wie jeder echte Römer denken sollte: Lieber todt, als Sklav dieser Barbaren!

Erster Römer.

Nun, mag der Abel nur anfangen, sobald er's für gut findet; an uns soll's nicht fehlen.

Odoardo.

Laßt nur erst den Kaiser wieder fort sein! Bis dahin wollen wir unsern Groll unter lächelnden Mienen und demüthigen Geberden verstecken.

Achte Scene.

Die Kirchenthüren öffnen sich; Papst Gregor und Gerbert mit geistlichem Gefolge treten heraus und gehen nach links *) ab. Die Römer werfen sich auf die Kniee und empfangen den Segen des Papstes.

(Verwandlung — vorfallend.)

Neunte Scene.

Saal in Hoiko's Burg, wie in Act 1, Scene 1.

Graf Hoiko
(kommt von rechts, geht an das Fenster links, öffnet es und ruft hinaus).

He! Sattle schnell! Du sollst ins Lager reiten.

(Trompetenstoß von außen.)

Da kommt der Herzog selbst.

(Wieder hinausrufend.)

So geh' und öffne!

---

*) Coulisse 2.

Ihn läßt die Ungeduld nicht länger rasten.
Ich glaub's ihm gern. Drei Wochen liegt er hier
Und harrt des Kaisers, um mit voller Macht
Der Wenden neuen Aufruhr zu ersticken. —
O dieser unglücksel'ge Römerzug!
(Geht gegen den Hintergrund, dem Herzog entgegen.)

Zehnte Scene.

Herzog Heinrich und andere Große, rasch eintretend.
Graf Hoiko.

Herzog Heinrich.
Noch immer keine Nachricht da vom Kaiser?

Graf Hoiko.
Drei Boten sandt' ich ihm entgegen schon,
Um seine Rückkehr zu beschleunigen.
Just diesen Morgen kommt der eine heim
Und kündigt mir, der Kaiser habe sich
Gen Frankreichs Grenzen mit dem Heer gewendet.
Er sei ihm rasch gefolgt und hab' in Aachen
Ihn angetroffen, mit den Abgesandten
Des fränk'schen Königs um den Frieden handelnd.
Er hab' ihm unsre Noth geklagt und sei
Vorausgeeilt; der Kaiser folge bald.

Herzog Heinrich.
Will er muthwillig neue Feinde uns
Heraufbeschwören, da der alten wir
Im eignen Land uns kaum erwehren können?

Graf Hoiko.

Er that's, der Kirche Ansehn zu vertheid'gen, —
So hört' mein Bote dort — weil Frankreichs König
Ihr Hohn gesprochen.

Herzog Heinrich.

Eben dieser Kirche
Gab er des eignen Reiches Rechte preis,
Da er den Papst, was noch kein Kaiser that,
Zum Herrn der neuen Bischofssitze machte!

Graf Hoiko.

Den deutschen Papst, des Kaisers Anverwandten!

Herzog Heinrich.

Der deutsche Papst ist sterblich, doch das Papstthum
Hält ewig fest, was einmal es empfing.

Graf Hoiko.

Es mag so sein! Doch richtet nicht zu streng
Den kaiserlichen Jüngling, wenn sein Geist
Im kühnen Fluge sich einmal verirrt.

Herzog Heinrich.

Mögt Ihr's zum eignen Schaden nicht erfahren,
Wie dieser ungezügelt stolze Sinn
Uns alle mit sich in den Abgrund reißt!
Wol hatt' ich recht, da ich ihn nicht nach Welschland
Ziehn lassen wollte. Dies unsel'ge Land
Hat unsre besten Herrscher uns entfremdet,
Und dieser vollends, scheint es, hat sich dort
In Einbildungen sonder Maß berauscht.

Graf Hoiko.

Ihr seid sehr hart.

Herzog Heinrich.

Ihr freilich seht die Sache
Mit andern Augen an, da Eure Tochter
Den Glanz der Hoheit theilt, worin er schwelgt.

Graf Hoiko.

Ich werb's beweisen, ob des Reiches Wohl
Mir höher steht, ob meiner Tochter Glück.

Herzog Heinrich
(ihm die Hand reichend).

Verzeiht! Ich that Euch weh mit raschem Wort.
Doch, glaubt mir, schwer ist's, hier den Gleichmuth
wahren,
Da ich so reiche Kraft geschäftig seh',
Uns und sich selber Unheil zu bereiten.
Was soll'n wir thun? Bis heut noch hielten wir
Mit Müh' des Feindes Uebermuth in Schranken,
Doch eben ging mir neue Kunde zu,
Daß alle Völker zwischen Elb' und Ober —
Wohl wissend, daß des Heeres beste Kraft
Mitsammt dem Kaiser fern in Welschland weilt —
Mit wilden Schwüren einen Bund gemacht,
Am gleichen Tage uns zu überfallen.
(Trompeten außerhalb der Scene.)

Graf Hoiko
(ans Fenster tretend).

Was gibt's?

(Ruf von außen durchs Fenster.)

Der Kaiser naht!

Graf Hoiko.

Dem Himmel Dank!

Elfte Scene.

Kaiser Otto mit Gefolge, rasch eintretend.

Kaiser.

Ich grüß' Euch, lieber Ohm und werthe Mannen!
Graf Hoiko, zürnt Ihr mir, daß ich noch länger
Der Tochter Gegenwart Euch lasse missen?

Graf Hoiko.

Sehnsücht'ger hab' ich nicht nach meiner Tochter,
Als nach Euch selbst, mein Kaiser, ausgeschaut.

Herzog Heinrich.

Ihr ließt uns lange warten, Kaiser Otto.

Kaiser.

Doch dafür bring' ich Euch die Unterwerfung
Des Frankenkönigs mit.

Herzog Heinrich.

Und unterdessen
Ging uns beinah das eigne Land verloren!

Kaiser.

Zu Aachen, in der Gruft des großen Karl,
Empfing ich König Hugo's Abgesandte,
Und ließ im Angesicht des todten Kaisers
Sie Lehnstreu' schwören dem lebendigen.

Herzog Heinrich.

Und unsre Boten — trafen sie Euch nicht?

Kaiser.

Dort traf mich Euer Bote, doch ein andrer
Von meiner Gattin auch, der mir verkündigt,
Daß Rom in Aufruhr, daß die Kaiserin
Mitsammt dem Papste, meinem theuern Bruno,
Gefährdet an der Freiheit, ja am Leben,
Wofern nicht bald mit stärkrer Uebermacht
Ich Bernward's kleiner Schar zu Hülfe eile.
Mich band mein Wort, hierher zurückzukehren,
Sonst hätt' ich stehnden Fußes wiederum
Die Straße nach Italien eingeschlagen.
Doch jetzt, da ich die eine Pflicht erfüllt,
Soll nichts mich länger von der andern scheiden.
Behaltet hier von meinem Heergefolge,
Was Euch zum Schutz des Reiches nöthig dünkt,
Doch mit dem Rest kehr' ich zurück nach Rom.

(Zeichen der Unzufriedenheit.)

Herzog Heinrich.

Nicht also, Kaiser Otto! Euer selbst
Bedarf es hier und unsrer ganzen Macht.
Ein schweres Ungewitter ist im Anzug,

Kaum minder furchtbar, als der Ungarn Sturm,
Den mit des Reiches ganzem Aufgebot
Mein großer Vater mühsam einst bestand.
Hier unsre Kräfte theilen, wäre Wahnsinn.
Ihr aber seid zu diesem Kampfe zwiefach
Verpflichtet, denn durch Eure Schuld geschah's,
Daß ungenützt des blut'gen Sieges Frucht
Und ungebrochen blieb des Feindes Kraft.

Kaiser.
Ich hab' gezeigt, daß ich den Kampf nicht scheue;
Wend' oder Ungar, wer's auch sei, er wird
In mir den ebenbürt'gen Enkel finden
Des ersten Heinrich und des großen Otto.
Das nur ist jetzt die Frage, wo die Noth
Am bringendsten und wo das größre Gut
Um Rettung ruft; das aber ist in Rom.

Herzog Heinrich.
Nein, hier in Deutschland, denn das Reich ist hier.

Kaiser.
Wie? So gering schlagt Ihr die Sicherheit
Von meiner Gattin an und userm Vetter?

Herzog Heinrich.
Ein großes Unglück ist's, daß sie in Noth —
Sie wären's nicht, wenn Ihr, wie ich Euch rieth,
Den Zug nach Welschland unterlassen hättet —
Doch, wie's auch immer sei, so Dringendes
Gibt's nichts, als, die Gefahr vom Reich zu wenden.

Kaiser.
Verpfändet ist des Reiches Ehre dort,
Den Papst zu schützen, den wir eingesetzt.
Herzog Heinrich.
Vor allem gilt's der eignen Grenzen Schutz,
Eh' wir im fremden Land die Schirmherr'n spielen.
Kaiser.
Hier schaut die bloße Furcht nach Hülfe aus,
Dort aber tödtet jede nächste Stunde.
Herzog Heinrich.
So wollt Ihr warten, bis der neue Sturm
Verwüstend über Deutschland hingebraust?
Kaiser.
Und wenn's so käme, der Verwüstung Spur
Vertilgt die Zeit, doch zwei so eble Leben
Gibt keine, keine Zukunft uns zurück!
Herzog Heinrich.
Kein Leben ist so edel, daß es nicht
Dem Ganzen sich als Opfer müßte weihn.
Kaiser.
Ihr sprecht vom Ganzen. Ist dies Deutschland denn
Die ganze Welt? Sind Rom, Italien
Wol minder wichtig? Gehen sie verloren,
Wo bleibt des Kaiserthumes Macht und Glanz?
Herzog Heinrich.
Bedenkt vielmehr, wo Ihr als Kaiser bleibt,
Wenn Ihr die deutsche Königsmacht verscherzt?

Kaiser.

Das werd' ich nie.

Herzog Heinrich.

Ihr habt sie schon verwirkt,
Wenn Ihr der höchsten Königspflicht Euch weigert.

Kaiser.

Wie wagt Ihr, solche Sprache mir zu führen?
Bin ich hier Herrscher, oder bin ich Knecht?

Herzog Heinrich.

Ihr seid der Herr, doch über Freie nur,
Der Erste nur der Fürsten, die Euch wählten.

Kaiser.

So soll ich das nur thun, was Euch beliebt?

Herzog Heinrich.

Nein, das nur, was des Ganzen Vortheil heischt.

Kaiser.

Und wer soll dies entscheiden, als der König?

Herzog Heinrich.

Der König — nach der Fürsten Rath und Schluß.

Kaiser.

Ihr könntet's weigern, wenn ich Euch entböte?

Herzog Heinrich.

Wir werden's weigern, wie es unser Recht.

Kaiser.

Wohlan, so thut's! Ich aber ziehe dennoch
Nach Rom, und wenn mich alles auch verläßt,
Ich ganz allein mit meinem Hausgesinde.
(Wendet sich zum Abgehen.)

Herzog Heinrich.

Halt, Kaiser Otto! Ihr, als deutscher König,
Seid uns verhaftet und dem ganzen Volk;
Geht Ihr von hinnen trotz der Fürsten Spruch,
So löst' Ihr Euch vom Reiche, uns von Euch.

Kaiser.

Das ist zu viel! Ich werd' es Euch beweisen,
Daß ich der Herr, Ihr nur Vasallen seid.

Graf Hoiko
(zwischen Beide tretend).

O seid beschworen bei der ew'gen Gnade,
Steht ab von diesem unglücksel'gen Streit!
In dieser höchsten Noth, die uns bedrängt,
Kann uns nur Eines retten, Einigkeit.
Drum treibt es Beide nicht aufs Aeußerste!
Hört mich, o Kaiser! Herzog, hört mich an!
(Zum Kaiser.)
Ihr führt uns sonder Zaudern jetzt zum Kampf
Ins Wendenland. Wir werfen uns auf sie
Mit unsrer ganzen Macht, und, eh' sie noch
Gesammelt und vereinigt ihre Scharen,
Sind sie vernichtet und das Reich gerettet.
(Zum Herzog.)
Dann aber weigert Ihr dem Kaiser nicht

Zum neuen Römerzug die Heeresfolge,
Und gebe Gott, daß es dann nicht zu spät,
Auch dort zu retten, was uns theuer ist!

Kaiser.
Ihr sprecht das Urtheil Eurer eignen Tochter?

Graf Hoiko.
Ich bin vor allem Fürst des Reichs. Nicht darum
Ward ich des deutschen Kaisers Anverwandter,
Daß zwischen ihn und seine Herrscherpflicht
Ich mich mit meinen kleinen Sorgen drängte.

Herzog Heinrich.
Ich bin's zufrieden so.

Die andern Großen.
Wir alle sind's.

Kaiser.
O Gisela, Dein eigner Vater hält
Den Arm zurück, der Dir will Rettung bringen.
Und Dich auch, Bruno, Dich, den deutschen Fürsten,
Verlassen in der Noth die Blutsverwandten.
Schütz' Euch der Himmel denn, — ich kann es nicht.
(Zu den Großen.)
Auf Eure Häupter wälz' ich ihr Geschick,
Zusammt der Schmach, die Ihr mir selbst bereitet.
(Das Schwert ziehend.)
Auf denn, hinaus! Der Wenden feige Brut
Soll tausendfach mir büßen, was ich dulde.

Ihr aber sorgt, daß Euer Uebermuth
Zum kecken Wort die tapfre That nicht schulde!
(Rasch nach dem Hintergrunde ab, die Andern folgen.)
(Verwandlung.)

Zwölfte Scene.

Galerie im päpstlichen Palast zu Rom. Vorn rechts ein Altar mit Crucifix. Man hört von außerhalb der Scene (links) Geschrei und Waffenlärm. Durch die Mitte treten rasch ein Papst Gregor und Kaiserin.

Papst Gregor.
Eilt, Euch zu retten, hohe Kaiserin,
Dieweil es Zeit! Noch ist der Ausgang frei
Durch diese Gänge nach Castell Paterno.
Dort seid Ihr sicher. Seine festen Mauern
Und seine tiefen Gräben schützet leicht
Die kleine Schar selbst gegen Tausende.
Indessen kehrt der Kaiser wol zurück,
Sobald er seiner Pflicht in Deutschland ledig,
Denn Eure Botschaft wird ihm Flügel geben.

Kaiserin.
Und Ihr, was wollt Ihr thun? Wollt Ihr nicht auch
Den Rettungsweg, den Ihr mir zeigt, betreten?

Papst Gregor.
Mich hält mein Amt an diesem Platz zurück.
Es soll der Hirt nicht seine Heerde lassen.

Kaiserin.
So wollt Ihr schutzlos Euer theures Leben
Der blinden Wuth des Pöbels überliefern?

Papst Gregor.
Der Papst, der fremden Schutzes braucht, ist
tobt.
Und ob der Mensch, der einstens Bruno hieß,
Dann lebet oder stirbt, daran ist wenig
Der Welt gelegen, doch mir selber alles
Daran, daß man von mir nicht könne sagen:
Die anvertraute Würde gab er preis,
Weil er zu sehr des eignen Lebens schonte.

Kaiserin.
Wohlan! So laßt mich Euch zur Seite bleiben
Wär' Otto hier, er wiche nicht von Euch.
Ich bin sein Weib, so will ich thun wie er.

Papst Gregor.
Nicht also, hohe Frau! Auf Euch beruht
Die ganze Zukunft des erlauchten Stammes.
Drum eilt!
(Man hört näher kommendes Geschrei.)
   O eilt! Der Himmel sei mit Euch
Und Euerm Gatten, meinem theuern Otto!
Mag er vollenden, groß, wie er begonnen!
Grüßt ihn von mir, wenn Ihr ihn wiedersehr,
Und grüßt mein Deutschland, wenn Ihr dorthin
kehret!

Kaiserin
(ihm die Hand küssend).

Die Heil'gen schützen Euch! Lebt wohl!

Papst Gregor
(sie segnend).

Lebt wohl!

(Kaiserin rasch ab nach rechts.)

Dreizehnte Scene.

Papst Gregor
(allein, wirft sich auf die Knie).

O Herr, der Du der Menschen Herzen lenkst
Gießbächen gleich, o rühre die Gewissen
Des blinden Pöbels, der mein Blut begehrt!
Nicht um mein Leben fleh' ich, aber darum,
Daß nicht Dein heilig Amt geschändet werde
In mir, dem Deine Gnad' es hat vertraut.
Doch, Herr, Dein Will' geschehe, nicht der meine!
(Neuer Waffenlärm außen. Gregor erhebt sich.)
Hast Du, mein Heiland, auf Gethsemane
Dich selber Deinen Feinden ausgeliefert,
So will ich, Deinem heil'gen Beispiel folgend,
Auf daß kein Blut vergossen werd' um mich,
Freiwillig mich in ihre Hände geben.
(Mit zum Himmel gehobenen Händen.)
Was auch gescheh', o Herr, es kommt von Dir,
Denn Tod und Leben steht in Deiner Hand.

Vierzehnte Scene.

Während der Papst nach dem Hintergrunde abgehen will, kommen von dort durch die Mittelthür **deutsche Krieger**, an ihrer Spitze Graf Bernward, gedrängt von den **Römern**, fechtend herein.

Papst Gregor
(an die Kämpfenden herantretend).

Im Namen des dreiein'gen Gottes, Friede!
(Die Kämpfenden machen eine Pause.)

Papst Gregor
(zu den Deutschen).

Hinweg! Folgt schleunig Eurer Kaiserin
Nach dem Castell und schützt ihr theures Leben!
(Zu den Römern.)
Ihr aber lasset sie in Frieden ziehn!

Graf Bernward.

Wir schutzlos Euch verlassen? Nimmermehr!
Auf, deutsche Männer, schützt den deutschen Papst!

Papst Gregor
(abermals dazwischentretend).

Wenn Ihr in mir die heil'ge Würde ehrt,
So achtet mein Gebot und weicht von hinnen!
Will Gott mich retten, wird er's ohne Euch.
(Den Römern entgegentretend.)
Hier steh' ich, Euer Haupt, von Euch bestätigt.
Ich bin in Eurer Macht. Wer wagt's zuerst
Den Stellvertreter Christi anzutasten?
(Die Römer weichen scheu zurück; die Deutschen wollen wieder vorwärts dringen.)

Papst Gregor.
Fort! Wollt Ihr neuen Kampf heraufbeschwören?
(Graf Bernward und die deutschen Krieger gehen zögernd rechts ab.)

Funfzehnte Scene.

Crescentius
(noch hinter der Scene).
Was geht hier vor? Warum weicht Ihr zurück?

(Indessen hat **Papst Gregor**, nachdem er durch Winke die Deutschen zum Abgehen befehligt, sich wieder zu den Römern gewendet, streckt die Hände segnend gegen sie aus und spricht:)
Der Friede Gottes sei und bleib' mit uns!
(Die vordersten Römer werfen sich auf die Knie, den Segen des Papstes empfangend. Nur Odoardo und einige Andere bleiben stehen.)

Crescentius
(in der Mittelthür erscheinend).
O jämmerlich Geschlecht von Feiglingen!
Nun, sichre Hand, so wage du das Letzte
Und fehle nicht! Es gilt das Vaterland!
(Wirft den Dolch nach Gregor*); dieser schwankt und sinkt am Altar in die Knie.)

Römer
(durcheinander rufend, indem sie nach dem Ausgange stürzen).
Der Papst ermordet! Wehe, wehe uns!

---

*) Wenn dies auf der Scene zu gewagt oder zu schwierig erscheint, so kann Crescentius auch mit dem Dolche nach Gregor stoßen.

Crescentius.

Elendes Volk, verkriecht Euch! Dieser Dolch *)
Hat Rom gerettet vom Barbarenjoch,
Und meinen Namen wird die Nachwelt preisen!
(Ab.)

Sechzehnte Scene.

Papst Gregor (allein).

So sterb' ich — fern vom theuern Vaterland —
Von meinem Otto fern. Der schöne Traum,
Den wir geträumt, er fließt mit meinem Blut
Unrettbar hin. — Doch, Herr, mein Gott, du willst's,
Und demuthsvoll verehr' ich deine Weisheit.

Siebzehnte Scene.

Gerbert
(noch hinter der Scene).

Man ruft: der Papst ermordet!
(Rasch eintretend.)
Herr des Himmels!

---

*) Wenn Crescentius den Dolch (scheinbar) wirft, so läßt Gregor aus seinem Gewand einen solchen, als ob er ihn aus der Wunde zöge, fallen, und Crescentius hebt ihn bei den obigen Worten auf. Beim Stoßen behält er den Dolch in der Hand.

Welch thränenvoller Anblick!
(Sich zu Gregor niederbeugend und ihn in seine Arme fassend.)
Heil'ger Vater!
Habt Ihr noch einen Auftrag für das Leben?

Papst Gregor.

Sagt meinem Otto, sagt dem deutschen Kaiser,
Wenn Ihr ihn wiedersehrt: er solle fest
An Deutschland halten! Dort allein — ich seh's
Nur allzu spät, — liegt seiner Zukunft Größe. —
Lebt wohl und betet für mein ewig Theil!
Herr Gott, sei gnädig Deinem ärmsten Knecht!
(Stirbt.)

Gerbert
(den Leichnam am Altar sanft niederlassend, doch in der halbknienden Stellung, worin er Gregor unterstützte, verharrend).

So groß begonnen und so rasch geendet! —
Ist das des Papstthums Herrlichkeit? — Da liegt,
Was von dem Herrn von Millionen Gläub'gen
Noch übrig ist! —
(Aufstehend.)
Wer wird der nächste sein? —
(Vorhang fällt.)

Dritter Act.

Erste Scene.

Düsteres Grabgewölbe, von Fackeln beleuchtet, in der Mitte (etwas nach rechts hin)*) ein Sarkophag, zu welchem Stufen hinaufführen. Auf der untersten Stufe, auf den Knieen betend, ein Priester, im Vordergrunde Kaiser Otto und Gerbert. Trabanten halten Wache.

Kaiser
(anfänglich das Gesicht mit dem Mantel verhüllt und niedergebeugt, richtet sich nach einer kurzen stummen Pause auf und gibt Gerbert mit der Hand ein Zeichen, wie zum Weitersprechen).

O schont nicht meines Schmerzes! Fahret fort!
Er streckte, sagt Ihr, seine Hand nach mir,
Und faßte leere Luft — denn ich war fern
Und hörte nicht die Stimme, die mich zärtlich
Beim Namen rief, und konnte nicht den Freund
Vom Tod erretten, nicht den Schutz ihm leihn,
Den ich ihm doch gelobt! — Doch meine Deutschen —
Wo waren sie? Wo war Graf Bernward? Sprecht

---

*) Nicht weiter als bis Coulisse 3 vorn reichend.

Gerbert.
Der Kaiserin geheiligt' Leben schützend,
Verließen sie die Stadt und gaben ihn
Der wilden Wuth des Römervolkes preis,
Das, rasch empört, den Vatican erstürmte.

Kaiser (für sich).
O Gisela, welch unschätzbaren Preis
Hab' ich für Deine Sicherheit gezahlt!

Gerbert.
Ich eilte rasch herbei, doch, eh' ich noch
Zur Stelle kam, hatt' schon ein gift'ger Dolch,
Geschwungen von Crescentius' eigner Hand,
Sein Herz durchbohrt. Nur seinen letzten Seufzer
Fing ich noch auf, und seine große Seele
Haucht' er in diesen Armen sterbend aus.

Kaiser.
O, er ging auf — ein leuchtend Meteor,
Die ganze Welt mit seinem Glanz erfüllend,
Und so verschwand er wieder, ach, und ließ
Uns hier in Nacht und Dunkelheit zurück.
O jetzt ist alles öde, schal und kalt,
Was kaum erst frühlingsgleich und herrlich war.

Gerbert.
Verstattet mir, daß ich mich jetzt entferne!
Des unberufnen Dritten Gegenwart
Stört Eure Zwiesprach' mit dem theuern Todten.
Ich kam hierher, an seinem Grab zu beten,
Euch hier zu finden war ich nicht gewärtig.

Kaiſer.

Noch ſetzt' ich meinen Fuß nicht in die Stadt;
An dieſen Ort zog mich mein Herz zuerſt. —
So gehet denn, doch wollet nicht vergeſſen,
Daß Ihr hinfort der einz'ge Freund mir ſeid,
Dem ich den vollen Buſen kann erſchließen.

(Gerbert ab.)

Zweite Scene.

Vorige, ohne Gerbert.

Kaiſer.
Auf, öffne mir den Sarg!

Prieſter.
          Um Gott, Herr Kaiſer,
Befehlt nicht dies! Des Giftes ſcharfer Geiſt
Schwebt wie ein feiner Peſthauch um den Todten
Und droht Verderben jedem, der ihm naht.

Kaiſer.
Wenn Dir um Dein armſelig' Leben bangt,
So geh' hinweg und laſſ' mich ſelber öffnen!

(Der Kaiſer geht die Stufen hinauf und öffnet den Sarg, während der Prieſter mit erſchreckter Geberde zurücktritt.)

Kaiſer.
O Gott, das ſind die ewig theuern Züge,
An denen ich ſo oft den Blick gelabt!
Noch ſcheint um dieſer Stirn erhabnen Bau

Mildthät'ge Weisheit, und auf diesen Lippen
Beredsamkeit, die siegende, zu schweben. —
Und alles dies dahin — dahin für immer!
Der Welt, der Christenheit und mir verloren! —
Fluchwürd'ge Hand, die diesen Tempel brach
Und dieses edelste von allen Leben
Mit niederträchtig feigem Morde stahl!
(Geräusch am Eingange.)
Wer naht, wer stört die Ruhe dieses Todten?
(Auf einen Wink des Kaisers schließen die Trabanten den Sarg wieder —
der Kaiser steigt die Stufen herab.)

Dritte Scene.

Zwei Krieger, den gefesselten Crescentius führend.
Vorige.

Erster Krieger.

Verzeiht, o Herr! Wir hörten, daß Ihr hier.
Graf Bernward sendet Euch des Aufruhrs Haupt,
Crescentius, in Ketten als Gefangnen.
(Die beiden Krieger treten an den Ausgang zurück.)

Kaiser
(heftig auf Crescentius losfahrend).

O, mehr als Teufel, Du, — schau her, schau her
Auf Dein verruchtes Werk und triumphire,
Du bist unsterblicher als Herostrat! —
(Nach einer Pause wild auffahrend.)

Ha, welche Qual ist groß genug für Dich,

Der gegen göttlich Recht und menschliches
So über alles Denken hat gefrevelt?

    Crescentius (kalt).

Ihr könnt mich tödten, und, ich weiß, Ihr werdet's.
Doch keine Pein soll das Geständniß mir
Entreißen: Unrecht sei, was ich gethan.
Wo gäb's auch zwischen Euch und uns ein Recht,
Euch, den Barbaren, uns, den Erben Roms?
In diesem Kampf ist jede Waffe heilig:
Gewalt, und List, und Treubruch, Gift und Dolch.
Und nie wird Friede sein, bis diesen Boden
Kein fremder Fuß entweihend mehr betritt.

    Kaiser
  (in immer wachsender Aufregung).

Du mindestens sollst diesen Tag nicht sehn!
Bin ich in Deinen Augen ein Barbar,
Ein wildes Thier nur aus des Nordens Wäldern —
Wohlan! Du sollst erfahren, was es heißt,
Das wilde Nordlandsblut zum Zorne reizen.
Du gabst die Losung: Mord! so nimm sie hin
Und fahr' zur Hölle, der Du angehörst!
  (Zieht das Schwert und ersticht den Crescentius.)

    Crescentius (fallend).

Rom, räche mich!

    (Zum Kaiser.)

    Du folgst mir bald — im Tod.
(Der Kaiser bleibt starr, mit weggewandtem Antlitz, stehen; das
Schwert entfällt ihm — kurze, stumme Pause.)

Vierte Scene.

Nilus, von dem Knaben geführt. **Vorige**.

Nilus.
Sind wir zur Stelle, Knabe, wo der gute,
Der fromme Papst Gregor in Frieden ruht?

Knabe.
Wir sind's, mein Vater!

Nilus.
O so leite mich
Zu seinem Sarg, und laß mich dort allein
An heil'ger Stätte im Gebet verweilen! —
Was aber ist Dir, Knabe? Deine Hand
Zuckt in der meinen, und zu meinem Ohr
Tönt Röcheln eines Sterbenden herüber.

Knabe.
In seinem Blute liegt Crescentius.

Nilus.
Erschlagen? Und von wem? Siehst Du den Mörder?

Knabe (halblaut).
Gott! Dort der Kaiser — hier — ein blut'ges Schwert! —

Nilus
(mit erhobener Stimme).

Im Namen des Allmächt'gen, steht mir Rede,
Was ist geschehn?

Kaiser
(mit tonloser Stimme).
Den Mörder Papst Gregor's
Hab' ich getödtet.
Nilus.
Ihr? Mit eigner Hand?
Kaiser.
Er hatte tausendfach den Tod verdient.
Nilus.
Ihn richten durftet Ihr, doch nicht ihn morden.
Kaiser.
Mit gift'gen Worten reizt' er meinen Zorn,
Und so geschah, was ungeschehn ich wünschte.
Nilus.
Und hier — an dieser Stätte, wo der Tod
Mit furchtbar ernster Stimme Frieden predigt?
Kaiser.
Mich reut die That; vergebt mir, heil'ger Mann!
Nilus.
Des Todten sel'ge Ruh' habt Ihr gestört;
Gefrevelt habt Ihr an dem Gottesfrieden,
Entweiht die Stätte, die dem Herrn geheiligt. —
So geht von hinnen ruh- und friedelos!
Den Purpur leget ab, den Ihr geschändet!
In Sack und Asche hüllet Euer Haupt,
Um den erzürnten Himmel zu versöhnen! —
O welch ein Wechsel alles Irdischen!

Die ich erst jüngst gebenedeit, die Zwei,
Davon liegt einer todt in dieser Gruft,
Der andre lebt, sich selber zum Gericht!
Das sind die Zeichen schon vom Zorne Gottes,
Womit er heimsucht die verderbte Welt!
Vorboten sind's des großen Strafgerichts,
Das des Jahrtausends Pforte krachend schließt! —
Weh! weh! und dreimal weh! der sünd'gen Erde! —
Komm, Knabe, führe mich hinweg von hier,
Weit, weit hinweg von aller Menschen Stätten,
So rasch mich noch die alten Füße tragen!
(Zum Kaiser gewandt.)
Dir aber laß' ich meinen Fluch zurück! —
(Geht ab, noch immer wehe! wehe! murmelnd.)

Kaiser
(mit vorgestreckten Händen, wie um den Fluch abzuwehren, spricht mit tonloser Stimme das wehe! wehe! nach und sinkt auf die Stufen des Sarkophags nieder).
(Verwandlung — vorfallend.)*)

Fünfte Scene.

Zimmer im kaiserlichen Palast mit einem Säulengange, der nach hinten links führt. Gerbert, von links vorn eintretend.

Gerbert.
Ein reiches Erbe hinterläßt Gregor!
Ich will's verwalten, doch in meinem Sinn. —

*) Auf Coulisse 2.

Er war ein Schwärmer, und die Kirche soll
Zwar Schwärmer zeugen, aber selbst nicht schwärmen. —
Durch ein Jahrtausend ist sie hingewandelt
Demüthig, kämpfend, oft in Knechtsgestalt.
Jetzt steigt ein zweites glänzend vor ihr auf;
Da wird sie stolz das Haupt gen Himmel heben,
Den Fuß auf der Gewalt'gen Nacken setzen,
Und triumphirend schreiten durch die Welt.
Und dieses Werkes erster Ruhm sei mein! —
Hier ist ein Kaiser — jung, voll Phantasie,
Empfänglich fremder Leitung, und im Schmerz
Jetzt doppelt wol, — das ist ein guter Stoff
Für unsre Arbeit. — Haben wir ihn erst
Vom mütterlichen Boden losgerissen,
Wo seine Kraft in sicherm Grunde wurzelt,
Dann halten wir ihn fest in freier Luft,
Wie den Antäos einst Alkmenens Sohn. —
Die Macht, die er als röm'scher Kaiser übt,
Die reicht nicht weiter, als der Glaube reicht
An diese Macht, und über diesen Glauben
Verfügen wir. — Ein Herr der ganzen Welt,
Doch ohne Land — das ist es, was wir brauchen. —
Ich seh' den Kaiser nahn! — Noch ist für mich
Die Zeit nicht da. — Sein eigner böser Geist
Muß mir die Bahn zu seinem Herzen öffnen.
Zur rechten Stunde bin ich dann zur Hand,
Um mühelos die reife Frucht zu pflücken.

(Wieder nach links ab.)

Sechste Scene.

Kaiser, aus dem Hintergrunde (durch die Säulenhalle)
nach vorn kommend.

Kaiser.

Nimm Deinen Fluch hinweg von meinem Haupt!
Wer darf mir fluchen? — Bin ich nicht der Kaiser,
Der höchste Herrscher auf dem Erdenrund? —
Und doch, wie Berge lastet auf der Brust
Mir jenes Wort des schlichten Eremiten. —
O Bruno, Bruno, blicke mitleidsvoll
Auf den bejammernswürd'gen Freund hernieder,
Der sich aus Deines Himmels Seligkeit
Auf ewig hat verbannt durch schwere Schuld! —
Ach, wie so nahe grenzt Verzweiflung doch
An der Verzückung höchste Wonneschauer!
Ein Auserwählter däucht' ich mir des Herrn,
Um seine heil'gen Pläne zu vollziehn;
Und nicht der ärgste Sünder möchte jetzt
Sein Loos mit mir, dem Fluchbeladnen, tauschen! —
Ja, ein Barbar, ich bin's; zur finstern That
Hat mich das wilde Sachsenblut getrieben;
Dies Land der heitern Bildung stößt mich aus,
Und seiner ew'gen Schönheit Trümmer geben
Mir hundertfach den strengen Fluch zurück.

Siebente Scene.

Kaiserin, von rechts eintretend. **Kaiser**.

Kaiserin.
O mein Gemahl, welch unheilvoller Stern
Hat Deiner Wiederkehr nach Rom geleuchtet!

Kaiser.
Nicht daß ich kam, nur daß zu spät ich kam,
War Grund des Unheils, und die Schuld davon
Ist Deines Vaters und der andern Fürsten.

Kaiserin.
Mir ist verborgen, was mein Vater that,
Doch kann er nie der Treu' vergessen haben,
Womit er Dich von Jugend auf gehegt.

Kaiser.
Das nennst Du Treu', wenn man mit schnödem Zwang
Zurück mich hielt, da ich hierher zu Deiner
Und unsers Bruno Rettung eilen wollte?

Kaiserin.
Galt ihm der eignen Tochter Leben nichts,
So war es eine große Pflicht gewiß,
Der sich sein Vaterherz entsagend beugte.

Kaiser
(in ein wildes Lachen ausbrechend).

Ja, Großes, wahrlich! war's, um das man mich,
Euch preiszugeben, zwang! Was wär's gewesen,

Wenn ein paar dürft'ge Morgen Landes mehr
Mitsammt der Frucht, die sie nur mühsam reifen,
Nochmals verwüstet, ein paar zott'ge Rinder
Hinweggetrieben wurden? Diesen Schaden
Hätt' unsre tapfre Hand bald quitt gemacht.
Hier aber ging ein Unersetzliches
Indeß verloren, ein so reiches Leben,
Wie keines auf dem ganzen Erdenrund.

Kaiserin.
Ich ehre Deinen Schmerz und theil' ihn ganz,
Und meine Schuld nicht ist's, wenn ich nicht auch
Sein Schicksal theilte. — Besser wär' ich doch
Mit ihm gestorben und von Dir betrauert
Gleich ihm, als so zu leben! — Otto! Otto!
Was ist geschehen, das Dein theures Selbst
So ganz mir abgewandt? O daß wir nimmer
In dies unsel'ge Land gekommen wären!

Kaiser.
Nein, daß ich's nimmer doch verlassen hätte!
So lebte Bruno noch, so wär' ich nicht
Ein Mörder, trüge nicht das Kainszeichen
Des Fluchs auf meiner Stirn.

Kaiserin.
                       O komm hinweg
Von dieser Stätte trauriger Erinn'rung!
Kehr' um nach Deutschland, und mit frischem Muth
Beginn' den neuen Lauf im Vaterlande!

Kaiser.
O sprich mir nicht von jenen Wüstenei'n
Voll finstrer Wälder und voll feuchter Nebel!

Kaiserin.
Von Deiner Heimat denkst Du so verächtlich?

Kaiser.
Wenn sich mein Geist noch einmal soll erheben,
So ist's nur hier, im Land der heitern Schönheit,
In dieser Stadt, um deren ew'ges Haupt
Die Geister aller Zeiten leuchtend schweben,
Auf diesem Capitol, von wo herab
Ich eine Welt zu meinen Füßen seh'.

Kaiserin.
So hohem Fluge der Gedanken kann
Mein Geist nicht folgen. Ich bin Deutschlands Tochter,
Und seine Größe ist mein einz'ger Stolz.

Kaiser.
Du liebst nur Eins, weil Du nur Eines kennst.
Dir war von je die ganze Welt beschlossen
Im engen Umkreis Eurer stillen Burg
Und in der heim'schen Wälder Dunkelheit.
Wärst Du gleich mir geboren auf dem Thron,
Du würdest ahnen, was mein Herz empfindet.

Kaiserin.
Halt' ein! Nicht weiter! Oder dieses Wort
Tritt ewig trennend zwischen Dich und mich.
Ich hab' zu Deiner Höh' mich nicht gedrängt,

Du stiegst zu meiner Niedrigkeit herab
Und hobest liebend mich zu Dir empor.
O, müßt' ich denken, daß Dich's jetzt gereut,
Dann wehe mir, der Unglückseligen,
Der dieser Krone eitler Schimmer nichts,
Doch Deine Liebe alles, alles war!

Kaiser.

Sähst Du die Dinge doch mit meinem Blick!
Vermöcht' ich's, meinen Geist Dir einzuhauchen!

Kaiserin.

Und könnt' ich's auch, mein Herz verböt' es mir.
Wenn Du, der deutsche König, Deine Liebe
Ablenken kannst von Deinem Vaterland
Zu andern Ländern und zu andern Pflichten,
Ich, eine deutsche Edle, kann es nicht.

Kaiser.

So liebst Du doch in mir den König nur,
Und nicht mein eigen Selbst!

Kaiserin.

Ich liebt' in Dir
Den deutschen König und den deutschen Mann,
Und kann das Eine nicht vom Andern scheiden.

Kaiser
(verzweiflungsvoll).

So zeige mir den Weg, wie ich Dich mir
Erhalten kann und nicht mich selbst verlieren.

Kaiserin.

Ich weiß nur einen: halt' an Deutschland fest!
Dahin weist Dich mein Herz und Deine Pflicht.

Kaiser (schaudernd).

O fordre nicht Unmögliches von mir!

Kaiserin
(mit tiefster innerer Bewegung).

Wenn Dir's unmöglich ist, dem Vaterland
Dein Herz in alter Treue zuzuwenden,
So ist Dir's auch unmöglich, mich zu lieben
Mit alter Zärtlichkeit, so bin ich Dir
Ein Hemmniß Deines stolzern Fluges nur,
Ein stummer Vorwurf unerfüllter Pflichten.
(Mit mühsamer Fassung, doch stolz und würdevoll.)
Drum laß mich selbst entsagen diesem Platz
An Deinem Herzen, den ich nicht gesucht,
Den anzunehmen ich mich kaum vermessen,
Doch hochbeglückt — ach! nur zu kurz — besessen.
Und wenn mein Bild aus Deiner Seele schwand,
So leb' auch Gisela aus Deiner Näh' verbannt!
(Ab nach rechts.)

Achte Scene.

Kaiser allein, geht der abgehenden Kaiserin einige Schritte
nach, kehrt aber um.

Kaiser.
Sie geht von hinnen, und ich breite nicht
Die Arme aus, um sie zurückzuhalten?
Was hat mich so im Innersten verwandelt?
Ist todt mein Herz, erstorben mein Gefühl? —
Ach, Ein Gedanke glüht in meiner Brust,
Der alles Andre tödtet und verzehrt.
Von jener Gorgo hab' ich einst gelesen,
Die mit dem furchtbar schönen Zauberblick,
Was ihr genaht, versteinernd festgebannt.
So ist auch mir Unseligem geschehen
Mit diesem Rom. Es haßt mich, und ich lieb' es,
Es stößt mich weg und fesselt mich nur stärker:
Was ich gefrevelt, hier nur kann ich's büßen,
Und seine theure Spur — sie endet hier.

Neunte Scene.

Gerbert, von links wieder eintretend. Kaiser.

Kaiser
(auf Gerbert zugehend).

Ach, frommer Vater, welch ein Wiedersehn!
Was ist geschehn, seitdem Ihr mich verließt!

Gerbert.

Ihr habt gethan, was ich nicht loben kann.
Doch ist's geschehn, und nicht dem Manne ziemt's,
Noch minder ziemt's dem Herrscher, thatenlos
Nur zu bereun, was nicht zu ändern steht.

Kaiser.

O büßen will ich's. Hier gelob' ich Euch:
Barhaupt, im heißen Strahl der Julisonne
Will des Garganno Gipfel ich erklimmen;
Will mir die Füße, unbewehrt und nackt,
Am rauhen Felsgesteine blutig ritzen;
Ablegen will ich diesen Herrschermantel
Und mich in härene Gewänder kleiden,
Will diese Krone, die das Haupt mir schmückt,
Demüthig zu des Heil'gen Füßen legen,
Damit er von mir nehme jenen Fluch,
Der mir das Blut in meinen Adern starren
Und mein Gehirn in Fieber glühen macht.

Gerbert.

Gemeinem Sünder frommt gemeine Buße,
Euch aber, Kaiser Otto, steht es zu,
Nicht blos Euch selbst von diesem Fluch zu lösen,
In Segen ihn zu wandeln für die Welt.
Als Herrscher fehltet Ihr, so sühnt's als Herrscher!
Die Leidenschaft, die Euch zum Freveln trieb,
Die laßt zu großen Thaten Euch entflammen!
Und, habt Ihr Bruno's sel'gen Geist beleibigt

Durch dieses Blut, so eilt, ihn zu versöhnen,
Und glorreich führt hinaus, was er begann!

Kaiser.

O Gott! Ihr gebt mir selber mich zurück,
Da Ihr aus dieses Labyrinthes Dunkel
Mir einen Weg empor zum Lichte zeigt.

Gerbert.

Vertraut Euch mir, so bring' ich Euch ans Ziel,

Kaiser
(ihm an die Brust fallend).

Da nehmt mich hin! Gebrochen hab' ich schon
Mit allem, was ich Theures noch besaß.
Ihr seid fortan mir alles. — Vaterland,
Verwandte, Freunde, ja die Gattin selbst —
Nichts hab' ich mehr auf Erden, als nur Euch.

Gerbert.

Was Ihr verloren habt, aus meiner Hand
Empfangt's zurück, und noch weit mehr als dies!
Ich gebe der bedrängten Seele Ruh'.
Durch mich versöhnt, nimmt seinen Fluch von Euch
Der heil'ge Mann. Des wilden Aufruhrs Woge
Wird auf mein Wort sich Euch zu Füßen legen.
In Liebe wandl' ich Euch der Römer Haß.
Ich mach' Euch Deutschland wieder unterthänig
Und beuge seinen Trotz. Doch — mehr als alles —
Was keinem Kaiser noch vor Euch gelang,
Selbst nicht dem großen Karl: ich zeige Euch

Die Wege zu des Orientes Pforten,
Zu der Cäsaren altberühmtem Thron.

Kaiser.
So ist es wahr, was längst der Ruf verkündet,
Geheime Mächte stehn in Euerm Dienst,
Da Ihr Euch solcher Wunder unterfangt?

Gerbert.
Ich bin ein schwaches Werkzeug nur des Herrn,
Der Euch zu großen Dingen hat erkoren.
So hört mich an: Es lebt dem alten Hause
Der Kaiser von Byzanz ein letzter Sproß,
Die schöne Helena, berühmter noch,
Als durch der Schönheit wunderbaren Glanz,
Durch ihres Geistes unerreichte Hoheit. —

Kaiser (nachdenklich).
Von meiner Mutter war sie mir zur Gattin
Einst ausersehn.

Gerbert.
Ein weiser Plan fürwahr,
Ganz werth des hohen Geistes, der ihn zeugte. —
Doch anders kam's. — Ich ehre Eure Wahl,
Wenn sie Euch glücklich macht —

Kaiser.
So glaubt' ich einst.
Doch seh' ich wohl, daß auf des Lebens Höh'
Das Herz allein des Glückes Maß nicht ist.

Gerbert.

Wär't Ihr noch frei — welch unermeſſ'ne Weiten
Erſchlöſſen Euerm Adlerfluge ſich!
Der Erbe Karl's und Konſtantin's zugleich,
Als Herr verehrt in Rom und in Byzanz,
Wär't Ihr berufen — o erhabne Sendung! —
Der Kirchen alten Zwiſt zu endigen,
Ein Haupt der ganzen Chriſtenheit zu geben.
Ich ſehe ſchon im Geiſt, von Euch geführt,
Der Völker Schar am fernen Bosporus
Zu einem großen Kreuzzug ſich verſammeln.
Ich ſeh' auf Euerm Haupt mit den zwei Kronen
Von Rom und Hellas eine dritte noch,
Die Krone von Jeruſalem, verſchlungen. —
Zu viel beinah für Einen Sterblichen
Der Ehr' und Macht. Doch, war es Einer werth,
Ihr, Kaiſer Otto, wart's und keiner ſonſt.

Kaiſer.

Zu welchen Höhn erhebt Ihr meinen Blick! —
Doch wie? So müßt' ich Giſela verſtoßen?
Verſtoßen — nein! ſie ſelbſt entſagte ja,
Doch die Entſagung bill'gen und von ihr
Unwiderruflich mich auf immer trennen?

Gerbert.

Daß ſie entſagen konnte, macht Euch klar,
Daß Euern Seelen jener Einklang fehlt,
Der echte Liebe zeugt, wie Plato lehrt.

Kaiser.

Und doch erbebt mein Herz bei dem Gedanken! —
Ach, warum mußten meines Geistes Drang
Und diese sanfte Regung sich befehden?

Gerbert.

Weil jener göttlich und unwandelbar,
Doch diese irdisch und vergänglich ist.

Kaiser.

Gibt's nicht der Christenheit ein Aergerniß,
Wenn sich der Kaiser trennt von seinem Weibe?

Gerbert.

Ich will's vertreten! Eine heil'ge Pflicht
Des Sohnes und des Herrschers übt Ihr nur,
Wenn Ihr der Mutter letzten Willen ehrt,
Und Gottes hohen Fügungen gehorcht.

Kaiser.

Was Ihr mir rathet, kann nicht unrecht sein.
So handelt denn für mich nach Eurer Weisheit!

Gerbert.

Ich sende eilends Botschaft nach Byzanz,
Und bald wird des tyrrhen'schen Meeres Flut
Auf stolz gewölbter Wogen Silberrücken
Die kaiserliche Braut, der Schönheit Wunder,
An dies Gestade tragen, und mit ihr
Des Morgenlandes zauberhafte Krone.

Kaiser.

Doch welcher Lohn ist groß genug für Euch
Und Euer treu' Bemühn um meine Größe?

Gerbert.

Mich lohnt die eigne That und Eu'r Vertraun.

Kaiser.

Ich weiß nur Eins, das Euer würdig ist.
Wenn erst Sanct-Petri Stuhl, wie an der Tiber,
So auch am Bosporus erhöhet steht,
Wenn alle Gläub'gen Einem Haupt sich beugen,
Dann, theurer Mann, sollt Ihr der Eine sein,
Und, wie als Kaiser ich, sollt Ihr als Papst
Dem Morgenland und Abendland gebieten.

Gerbert.

Von solcher Größe träumte nie mein Geist;
Mein höchstes Stolz war immer meine Demuth.
(Nach oben blickend.)
Doch, wo der Herr befiehlt, gehorcht der Knecht,
(dem Kaiser die Hand küssend)
Und Nichts ist mir zu schwer, um Euch zu dienen.
So blick' herab aus Deiner Seligkeit,
Verklärter Geist Gregor's, und segne Du
Den neuen Bund des Papstes und des Kaisers!

(Vorhang fällt.)

Vierter Act.

Erste Scene.*)

Freier Platz in Rom, rechts vorn ein Thor, zu welchem ein paar Stufen hinaufführen, im Hintergrunde sichtbar die Stadt. Von dorther kommt ein Zug: voran kaiserliche Großwürdenträger in reichen, bunten Gewändern von halb orientalischem Schnitt, dann römische Edle, Geistlichkeit, zuletzt der Kaiser im langen Schleppmantel von Seide, neben ihm links Gerbert, dahinter abermals Großwürdenträger, nachdrängendes Volk. Im Vordergrunde angekommen, bleibt der Kaiser stehen und winkt einen der Großwürdenträger herbei.

Kaiser.

Ist alles wohlgeordnet für den Festzug zum Capitol?

Großwürdenträger
(mit gebogenem Knie).

Ja, hoher Imperator!

---

*) Wo der hier angegebene Zug wegen des Personals oder der Costümes Schwierigkeiten macht, da kann der Act sogleich mit Scene 3 beginnen. Die Decoration bleibt dieselbe; die deutschen Krieger treten von der einen, der alte Diener von einer andern Seite auf.

Kaiser.

Wenn unser Fuß den hohen Ort betritt,
Wo diese ew'ge Stadt, das Haupt der Welt,
In ihrer Herrlichkeit verkörpert thront,
Empfang' uns schallende Musik und Jauchzen
In Roms und Hellas' feierlichen Klängen,
Und alles beuge dreimal tief das Knie!
Und, weil ich jüngst die Sarazenen schlug,
Die bis in Capuas Fluren plündernd schweiften,
Und so das Land befreit aus großer Noth,
Soll man nach altem Brauch als Triumphator
Mich grüßen mit dem Ruf: Italicus!
Geht, macht den Römern meinen Willen kund!
(Großwürdenträger, nach nochmaliger Kniebeugung, ab.)

Kaiser (zu Gerbert).

Ihr, Erzbischof, empfanget die Prinzessin,
Wenn sie das Schiff verläßt, und führet sie
In feierlichem Zuge mir entgegen!
Ich harre ihrer auf dem Forum dort.
(Gerbert mit einem Theile des Gefolges nach links vorn *), der Kaiser
mit dem übrigen Zuge nach weiter hinten **) links ab.)

*) Coulisse 1.
**) Coulisse 3.

Zweite Scene.

Von rechts vorn kommen, während noch das Ende des
Zuges sichtbar ist, deutsche Krieger.

Erster Krieger.

Dort zieht der Kaiser hin mit seinen Römern.
Doch wir, wie Fremde, schleichen scheu umher,
Und meiden ängstlich, seinen Weg zu kreuzen.

Zweiter Krieger.

Was sollten wir an solchem Tage auch?
Wir taugen wol, im Feld mit ihm zu schlagen,
Doch zierlich lispeln und wie Sklaven knien,
Dem Himmel Dank! Das kann der Deutsche nicht.

Dritte Scene.

Aus dem Thore tritt der alte Diener Hollo's. Vorige.

Erster Krieger.

Wie, Alter, ganz allein da vor der Stadt?
Nehmt Euch in Acht! 's ist nicht geheuer hier.

Diener.

Nach meiner Herrin Rossen schau' ich aus,
Ob sie zur Stelle. Denn sie will die Stadt
Zu Fuß verlassen, Aufsehn zu vermeiden.

Krieger.

So ist es wahr, sie geht hinweg von hier?

Diener.
Sie geht hinweg, und mit ihr aller Segen.

Krieger.
Der ist schon lange fort, seitdem der Kaiser
Aus einem Deutschen ist ein Römer worden,
Seitdem er, statt des kurzen Reitermantels,
Den langen, schleppenden Talar von Seide
Um seine Schultern schlägt, worin er kaum
Recht schreiten kann, geschweig' zu Pferde sitzen.

Diener.
Das wird ganz anders noch, wenn erst die Griechin
Hier angelangt; die bringt 'nen langen Schweif
Von Schranzen mit, gar wunderlich zu schauen,
So hört' ich sagen, und mit närr'schen Titeln,
Mir schmerzet noch das Ohr von ihrem Klang.

Krieger.
Hat sich der Kaiser doch, Gott sei's geklagt!
Schon jetzt mit solchem Mummenschanz umgeben.
Da seht nur hin!*) Ist so 'was wol erhört
Von einem deutschen König, einem Sachsen?

Diener.
Nun lebet wohl! Ich muß zu meiner Herrin.

Krieger.
Ihr zieht mit ihr hinweg?

---
*) Wenn Scene 1 und 2 wegbleiben, muß es hier heißen: Saht Ihr's noch nicht?

Diener.

Ja freilich wol!
Was soll ich hier bei dieser welschen Wirthschaft?

Krieger.

Wie gut Ihr's habt, daß Ihr ins Vaterland,
Zu unsern dunklen Wäldern wieder heimkehrt,
Dieweil wir hier ein ruhmlos Dasein führen,
Gehöhnt, verspottet, ja bedroht am Leben
Von dieser niederträcht'gen röm'schen Brut.

Diener.

Auch meine Herrin hat bis heut gezaubert,
Hinwegzugehn. Sie weiß, wie sehr daheim
Man schon dem Kaiser grollt. Käm' sie nun jetzt
Allein, verstoßen zu den Ihren wieder,
So könnte, meint sie, leicht des Volkes Unmuth
Noch höher steigen, und so hat sie sich,
Die gute Seele, selbst hierher verbannt.
Doch als sie heut vernahm, die Griechin komme,
Da hieß ein edler Stolz sie eilends fliehn.

Krieger.

Ach wenn wir ihr doch einmal noch die Hand
Zum Zeichen unsrer Liebe küssen dürften.

Diener.

Dort kommt sie schon, verweilt nur in der Näh'!
(Die Krieger treten zurück.)

Vierte Scene.

Kaiserin und Graf Bernward (von links). Vorige.

Diener
(zur Kaiserin).

Erlauchte Herrin! Alles ist bereit.

Kaiserin
(zu Bernward).

So laßt uns scheiden! Und noch einmal seid
Von mir gebeten: harret aus beim Kaiser,
Solang' Ihr könnt, — sein letzter guter Engel!
Schützt ihn vor diesen heuchlerischen Welschen,
Schützt ihn vor seinem eignen finstern Geist,
Der, wie mit seinen Freunden, seiner Heimat,
Ihn bald auch mit sich selber wird entzwein.

Graf Bernward
(der Kaiserin die Hand reichend).

In Eure Hand gelob' ich feierlich:
Wenn nicht gewaltsam er mich von sich stößt,
Soll mich nicht Unmuth, nicht Gefahr des Lebens,
Noch dieser Welschen Uebermuth und Hohn
Abwendig machen solchem theuern Auftrag.
Ihr aber, hohe Frau, verwendet Euch
Bei Euerm Vater und den andern Fürsten,
Daß sie Geduld noch haben mit dem Kaiser!
Vielleicht wird doch zuletzt sein eigen Herz
Dem Reich und seiner Pflicht ihn wiedergeben.

Kaiserin.

So lebt denn wohl! Und möchten wir dereinst
Uns froher wiedersehn daheim in Deutschland!

Graf Bernward.

Walt's der im Himmel, der die. Herzen lenkt!
(Langsam nach links ab.)

Fünfte Scene.

Vorige, ohne Bernward.

(Die deutschen Krieger drängen sich um die Kaiserin und küssen ihr die Hände.)

Kaiserin.

Bleibt immer treu dem Kaiser, Euerm Herrn!
(Krieger ebenfalls nach links ab.)

Sechste Scene.

Kaiserin. Diener.

Kaiserin
(zur Stadt zurückgewendet).

Leb' wohl, du Stadt, die ach! mir alles nahm!
O daß mein Auge nimmer dich gesehen!
So überreich an Glück ich zu dir kam,
So arm und einsam muß ich von dir gehen.
Und dennoch bleibt mein Herz bei dir zurück,

Es stockt mein Fuß an dieses Thores Stufen,
Als müßte noch im letzten Augenblick
Mich seiner Stimme Ton zur Umkehr rufen.
<small>(Sie geht langsam durch das Thor ab, gefolgt von dem Diener.)
(Verwandlung.)</small>

Siebente Scene.

Freier Platz unweit des Capitols, das man im Hintergrunde
sieht. — Von rechts vorn treten auf:
deutsche Krieger.

Erster Krieger.
Nicht dort hinaus! Von dorther kommt der Zug.
Hinweg, daß wir der Griechin nicht begegnen,
Die unsre gute Kaiserin vertrieb!

Achte Scene.

Mehrere Römer, von links kommend. Vorige.

Erster Krieger.
Da kommen Römer, die zum Zuge gehn;
Laßt sie vorüber erst! 's gibt Händel sonst.

Erster Römer
<small>(halblaut zu den andern).</small>
Da sind ein paar von den deutschen Bären.
Gebt Acht, wie ich die ärgern werde!

Zweiter Römer (ebenso).

Seht Euch vor, die Kerle lassen nicht mit sich spaßen!

Erster Römer (ebenso).

Pah! Jetzt sind wir hier die Herren. (Laut.) Nun wird doch der Kaiser ein ander Leben anfangen, als das armselig langweilige mit dem deutschen Grafenfräulein?

Erster Krieger.

Untersteht Ihr Euch, so von unsrer Kaiserin zu sprechen?

Erster Römer.

Kaiserin? Ha, ha, ha! Heut kommt erst die wahre Kaiserin, die aus römischem Blut. Das andre war nur eine Bettelkaiserin!

Erster Krieger
(ihn mit der Faust niederschlagend).

Da, nimm das, Du Schurke von einem Römer!
(Es entsteht ein Handgemenge.)

Neunte Scene.

Odoardo, mit andern Römern von links auftretend.
Musik hinter der Scene. Vorige.

Odoardo.

Was? Blut'ge Händel? Reißt sie auseinander!
(Man trennt die Kämpfenden, wobei die deutschen Krieger in die Coulisse rechts zurückgehen.)

Der Zug ist schon ganz nah'. Nehmt diesen Todten
Und tragt ihn fort! (Halblaut.) Doch nicht zu weit
von hier!
(Zu dem zweiten Römer.)
Ihr bleibt bei ihm! Hinweg! Der Kaiser kommt.
(Der Todte wird von einigen Römern in Coulisse 2 rechts getragen.
Odoardo ebendahin ab.)

Zehnte Scene.

Kaiser, die Prinzessin Helena führend, Pagen, Frauen
der Prinzessin, Geistlichkeit, darunter Gerbert, römische und
griechische Großwürdenträger *), römische Edle, Volk.

Kaiser.
Seid mir willkommen denn im Weichbild Roms!
Ihr kehrt zurück zu dieser heil'gen Stätte,
Von wannen Eure Ahnherr'n ausgegangen;
Und mit Euch kehrt zurück zu ihrem Urquell
Die Halbscheid jener Macht, die ungetheilt
Von hier aus einst der ganzen Welt gebot,
Und ungetheilt ihr wieder wird gebieten. —
Seht hier versammelt Roms Senat und Volk,
Um Euch zu huld'gen und uns Beide dann
Zum Capitol im festlichen Geleit
Hinanzuführen, wie einst ihre Väter
Vor tausend Jahren dem Augustus thaten.

---

*) Diese können auch wegbleiben, wenn man den Zug vereinfachen
will und deßhalb nach der Anmerkung auf S. 85 verfährt.

Prinzeſſin.
Die Tochter der Cäſaren danket Euch,
Senat und Volk von Rom. In Euch begrüß' ich
Die theuern, ebenbürt'gen Blutsverwandten,
Die Sproſſen eben jenes alten Stammes,
Der ſeine Zweige ſo am Bosporus,
Wie an der Tiber, blühend ausgebreitet,
Und mehr noch, als durch ſeiner Helden Kraft,
Durch ſeiner Bildung Kraft die Welt bezwungen.
(Zum Kaiſer.)
Verzeiht, allein Ihr ſelbſt ja ſeid ein Römer,
Zum Mind'ſten wollt es ſein; Ihr anerkennt
Den höhern Anſpruch unſers edeln Blutes,
Und warbt um meine Hand, um dieſer Macht,
Die Ihr bisher als Uſurpator übtet,
Des angeſtammten Rechtes Kraft zu leihn.

Kaiſer.
Und unſre Herzen hätten keinen Antheil
An dieſem Bündniß, ſollen keinen haben?

Prinzeſſin.
Davon zu ſprechen, iſt nicht hier der Ort.
Kommt jetzt, geleitet mich zum Capitol!

Elfte Scene.

Indem der Zug nach rechts aufbricht, treten ihm aus Coulisse 2 rechts entgegen Römer, auf einer Bahre den Todten tragend. Neben der Bahre rechts geht Odoardo.

Kaiser (zurückfahrend).

Hinweg! Mit welcher unglückschweren Last
Wagt Ihr den kaiserlichen Zug zu kreuzen?

Odoardo.

Der Todte hier ist Euch nicht fremd. (Zum Kaiser.) Durch Euch
Büßt' er sein Leben ein und (zur Prinzessin) Euch zu Liebe.

Kaiser.

Welch schauerliches Räthsel sprecht Ihr aus?

Odoardo.

Weil er nicht duldete, daß sie Euch (auf die Prinzessin deutend) schalten,
Erschlugen (zum Kaiser) Eure Deutschen diesen Mann.

Prinzessin.

Wie? Steht es so? Barbaren hausen hier?
Dann laßt mich wieder auf mein Schiff zurück,
Und fort aus diesem unwirthbaren Land!

Kaiser.

Bleibt! Ich gelobe strenge Untersuchung.

Prinzessin.

Zu strafen gilt's, zu untersuchen nicht.
Ich fordre dessen Tod, der mich beleidigt.

Odoardo.

Und dessen wir, der einen Römer schlug.

Kaiser.

Ich hab' kein Recht, zu tödten einen Freien.

Odoardo.

Nun, bei dem Schatten des Crescentius,
Hat wol geringern Werth ein röm'scher Edler?

Gerbert
(halblaut zum Kaiser).

Stellt sie zufrieden, daß die alte Blutschuld,
Die kaum begrabne, nicht aufs neu' erwache!

Kaiser.

Nun wohl! Was ich vermag, das will ich thun.
Was noch von Deutschen hier, es sei verbannt
Von meinem kaiserlichen Angesicht
Und aus den Mauern dieser ew'gen Stadt!
Ganz will ich Römer sein, und nichts als Römer.
(Zur Prinzessin.)
Nehmt dies als Zeugniß an von meiner Liebe!
(Zu den Römern.)
Und Ihr erkennt, wie gnädig ich Euch bin!

(Rufe des Volks.)

Es lebe Otto hoch, der Imperator!

(Andere Stimmen.)

Hoch die Prinzessin!

(Wieder andere.)

Nieder mit den Deutschen!

(Der Zug ab. Musik. — Man sieht weiterhin Gerbert sich vom Zuge absondern [nach rechts] und unter das Volk mischen.)
(Verwandlung.)

Zwölfte Scene.

Zimmer im kaiserlichen Palast. Gerbert von rechts eintretend.

Gerbert.

Sie sind zum Capitol. — Ich ließ sie ziehn;
Denn andre Arbeit gab's indeß für mich. —
Es geht nach Wunsch. Die Deutschen sind wir los.
Nun ist das Volk von Rom der wahre Herr,
Und dieses lenk' ich durch Beredsamkeit,
Durch Aberglauben und durch Eigennutz.
So mach' ich mich dem Kaiser unentbehrlich,
Und ängst'ge leicht ihm ab, was mir beliebt.
In Deutschland stehn die Dinge schlimm für Otto,
Und schlimmer noch soll er durch mich sie sehn.

(Einen Brief hervorziehend.)

Hier dieser Brief wird seine Dienste thun,
Sobald es Zeit. (Ihn wieder einsteckend.) Doch bleib' er
            mein Geheimniß! —
Ich will mit der Prinzessin mich verständ'gen,

Wie wir die Arbeit theilen und den Lohn.
Macht sie zur Herrin seines Willens sich,
Nur um so besser! Ihrem Geist gebietet
Der meine wol. Sie ist ein kluges Weib,
Jedoch ein Weib, und ich — bin Mann und Priester.

———

Dreizehnte Scene.

Prinzessin, mit Gefolge durch die Mitte eintretend.
Gerbert.

Prinzessin (zum Gefolge).
Ihr seid entlassen jetzt; laßt uns allein!
(Gefolge ab.)
(Zu Gerbert.)
Nun, Erzbischof, ich bin mit Euch zufrieden;
Ihr habt die Wege trefflich mir gebahnt:
Das Volk ist uns geneigt, der Kaiser schwach
Und leicht zu lenken.

Gerbert.
Bauet nicht zu viel
Auf seine Schwäche! Diese Norblandsrecken,
Seltsame Menschen sind's: unbändig bald,
Und bald phantastisch, in Empfindung schmelzend.
Jetzt ist er unser. Doch, ihn festzuhalten,
Da liegt der schwerste Theil von unserm Plan.

Prinzessin.
Drum laßt den günst'gen Augenblick uns nützen,
Und unser Werk auf festem Grund erbaun!

Gerbert.
Wie meint Ihr das?

Prinzessin.
Ich will den Vollbesitz
Der Herrschaft — zwar dem Namen nach getheilt,
In Wahrheit ganz, will Kaisrin sein und heißen
Nach eignem Recht, nicht blos des Kaisers Weib.

Gerbert.
Ein hohes Ziel! Doch was wär' Euch zu hoch?

Prinzessin.
Verschonet mich mit fader Schmeichelei!
Denkt lieber drauf, wie wir dies Ziel erreichen!
Und meines besten Dankes seid gewiß!

Gerbert.
Ein schwerer Auftrag, denn der Kaiser wird
Auf seines Volkes Sitte sich berufen,
Die zwar, den Fraun zu huldigen, gebeut,
Jedoch ihr Recht in strengen Schranken hütet.

Prinzessin.
Und meines Volkes Wünsche gälten nichts?
Der Griechen und der Römer edler Sproß
Ertrüg's geduldig, daß sich ein — Barbar
Auf seiner Herrscher altem Throne brüstet?

Gerbert.
Ich seh' voraus: in diesem Punkte wird's
Den härt'sten Kampf mit seinem Stolze geben.

Prinzessin.
Ihr wollt den Preis für Euern Dienst nur steigern.
Sprecht grad' heraus! Ich zahle jeden gern.

Gerbert.
Der Kaiser bot mir schon den höchsten Preis:
Zum Haupt ersah er mich für beide Kirchen.

Prinzessin.
Und ich bestät'g' es. Macht zur Kaisrin mich,
Und unsern Patriarchen opfr' ich Euch.

Gerbert.
Auf die Bedingung sei der Kampf gewagt!

Prinzessin.
So laßt mich bald des Sieges Früchte kosten!
(Sie macht ihm ein Zeichen der Entlassung und geht nach rechts ab. Während Gerbert nach dem Hintergrunde sich entfernen will, tritt rasch ein:)

Vierzehnte Scene.

Kaiser Otto. Gerbert.

Kaiser.
Ich brauche Euern Beistand, Erzbischof!
Das Volk von Rom, das kaum erst jubelnd mich

Im Festeszug zum Capitol geleitet,
Mit wildem Schrein und ungeberb'ger Drohung
Warf es auf's neu' sich jetzt in meinen Weg.
Vergebens sprach ich liebend, wie ein Vater,
Zu den Misleiteten; sie hörten nicht.
So geht denn Ihr hinab, verständigt sie,
Erkundet ihr Begehr und sagt mir's an!
Was können sie noch wollen? Gab ich ihnen
Nicht alles schon? Ich hab' sie groß gemacht
Vor allen Völkern, hab' sie hoch gehalten
Wie erstgeborne Söhne meines Hauses;
Hab' ihnen selbst die eignen Blutsverwandten
Geopfert, meine Deutschen; ist wol etwas,
Das ich besaß und ihnen nicht verlieh?

Gerbert.
Ein misverstandner Eifer treibt die Menge
Für unsrer Kirche Wohl. Ich sag' es ungern —
Leicht könntet Ihr's so deuten, als ob ich
Nach dem verlangte, was doch nur das Volk —
Wie mir berichtet ward — in frommer Einfalt
Für uns begehrt.

Kaiser.
Was also fordern sie?

Gerbert.
Ein Raub erscheint es ihnen, daß Ihr einst
Der Kirche Gut dem Spoletiner gabt.

Kaiser.
Dreifach ersetz' ich's aus des Reiches Gütern.

Gerbert.
Auch wollen sie, daß aller Länder Kronen
Zu Lehen sollen gehn vom Stuhl zu Rom.
Kaiser.
Viel ist's gefordert, doch auch das gewähr' ich;
Die eine Kaiserkrone nehm' ich aus.
Gerbert.
Natürlich! Papst und Kaiser sind ja Eins,
Und Keiner ist geringer als der Andre.
Kaiser.
So gehet denn und kündet dies dem Volk,
Und daß ich ihm ein gnäd'ger Kaiser bin!
Gerbert.
Der Himmel gebe meinen Worten Kraft,
Zu ihrer Pflicht zu lenken die Verirrten!
(Ab.)

Funfzehnte Scene.
Kaiser allein.
Kaiser.
O dieses undankbare Volk der Römer!
Fast sollt' mich's reu'n, daß so erprobte Treu'
Für solchen Wankelmuth ich hingegeben.

Sechzehnte Scene.

Prinzessin, von rechts zurückkommend. Kaiser.

Kaiser.
Zum ersten male sprech' ich Euch allein,
Des kalten Hoftons strenger Form entbunden.
O laßt mich nützen die ersehnte Stunde,
Und Euch erschließen meine volle Brust!
Ich komme, Liebe bietend, Liebe suchend,
Denn öd' ist's um mich her und in mir selbst,
Und all die goldne Pracht, die mich umgibt,
Vermag des Herzens Leere nicht zu füllen,
Das sich nach einem zweiten Herzen sehnt.

Prinzessin.
Nicht heischt von mir, der Enklin Konstantin's,
Gemeiner Liebe schwärmerisches Kosen!
Aus anderm Stoffe schuf mich die Natur.
Ich hab' in dieses Bündniß eingewilligt,
Das unsrer beiden Häuser Macht und Glanz
Zu nie gesehner Größe soll vereinen.
Ich fühl' in mir die ebenbürt'ge Kraft,
An diesem Werk mitschaffend theilzunehmen.
Wenn Ihr mich liebt, wenn meine Gunst Euch werth,
So räumt den Platz mir ein, der mir gebührt!

Kaiser.
Bewundrung zoll' ich Euerm hohen Geist,
Und nie sei Euerm Rath mein Ohr verschlossen.

Doch meines Throns Genossin nicht allein,
O seid ein liebend Weib auch meinem Herzen!
Prinzessin.
Ihr weicht mir aus; Ihr weigert meinen Wunsch.
So wenig Ernst ist's Euch mit Eurer Achtung?
Kaiser.
Ehrt' ich Euch besser, wenn ich Euer Herz
Der höchsten Frauentugend lebig glaubte?
Prinzessin.
Sucht Ihr in mir nur des Geschlechtes Schwäche,
Die, zärtlich schmachtend und um Liebe buhlend,
Dem Manne schmeichelt — besser thatet Ihr,
Die deutsche Grafentochter zu behalten.
Bedenkt das wohl, eh' Ihr mich wieder sprecht!
(Rasch ab nach rechts.)

Siebzehnte Scene.
Kaiser allein.
Kaiser.
Ja besser, wahrlich! Oh mein thöricht Herz
Beginnt zu ahnen, welchen sichern Schatz
Es von sich stieß, und welch ein gleißend Nichts
Es dafür eingehandelt! — Käm' ich dahin,
Daß ich von diesem Priester mich betrogen
Erkennen müßte — weh dann über mich!

Ich selbst, im frevelhaften Uebermuth,
Hab' alle Brücken hinter mir zerstört,
Und rückwärts führt kein Weg. — Mit Deutschland
　　　　　brach ich
Unwiderruflich. Ist des Kaiserthums
Gewalt und Ansehn nur ein leerer Traum,
So bin ich nichts, der alles wollte sein.

Achtzehnte Scene.

Gerbert. Kaiser.

Kaiser
(dem Eintretenden rasch entgegengehend).

Nun, bringt Ihr mir der Römer Unterwerfung?

Gerbert.

Vergebens hab' ich meiner Rede Kraft
An ihres Trotzes Ungestüm erschöpft.
Noch Eines fordern sie, und dies vor allem.

Kaiser.

Noch Eines? Und was ist dies Eine denn?

Gerbert.

Daß neben Euch, und gleichen Rechts mit Euch,
Die stammverwandte Griechenfürstin herrsche.

Kaiser.

Ihr sagtet Ihnen doch — wie's Euch bewußt —,
Daß meines Volkes Sitte dies verbietet,

Und daß uns alles deutsche Land entgeht,
Wenn ich den Thron mit einem Weibe theile?

Gerbert.
Wohl that ich das, allein es war umsonst.

Kaiser.
Und Eure Macht, zu zwingen die Gemüther,
Wo blieb sie da? Ihr rühmtet einst Euch doch,
Der Römer Volk zu Füßen mir zu legen.
Ist diese Kraft so schnell dahingeschwunden,
Wie, oder war's der Wille, der gebrach?
Ihr schweigt? Der so beredte Mund verstummt?
O jetzt durchschau' ich Euern ganzen Plan.
Ihr lieht den Geist, das Volk die Zunge nur.
Verschworen seid Ihr alle gegen mich.
Mein ahnungslos Vertraun habt Ihr misbraucht,
Mit meines Herzens wärmsten Regungen
Habt Ihr ein höhnisch frevelnd Spiel getrieben.
Zum Sklaven mich zu machen, lüstet's Euch,
Und in der Herrschaft Fülle Euch zu theilen.
Doch noch ist's nicht so weit; denn, eh' ich Euch
Und Euern Künsten mich gefangen gebe,
Daß Ihr frohlockend mich den Völkern zeigt,
An Euern Siegeswagen festgekettet,
Eh'r nehm' ich auf mich die Erniedrigung,
Zu thun, was nie zu thun ich mich vermaß,
Und kehr' in meiner Deutschen Kreis zurück,
Die mich beleidigt zwar, doch nicht betrogen.

Gerbert.

Das könnt Ihr nicht.
(Den Brief hervorziehend und ihn dem Kaiser hinhaltend.)
Seht diesen Brief aus Deutschland!
Ihr seid entsetzt, und Herzog Heinrich ist
An Eurer Statt zum König ausgerufen!

Kaiser
(liest den Brief und läßt ihn sprachlos fallen. Nach kurzer Pause auffahrend).

Ha, das ist Eu'r verrätherisches Werk!
(Da Gerbert sprechen will, in größtem Zorne nach dem Schwerte greifend)
Hinweg, daß meine Hand sich nicht noch einmal
Mit eines Frevlers schwarzem Blut beflecke!
(Gerbert langsam durch die Mitte ab.)

Neunzehnte Scene.

Kaiser allein.

Kaiser.

O Gisela, warum gehorcht' ich nicht
Dem süßen Klange deiner Warnerstimme,
Die mich zurück nach meiner Heimat rief?
(Sich fassend.)
Doch still, mein Herz! Fruchtlose Klagen, schweigt!
Ausharren will ich fest und ungebeugt.
Ihr Geister meiner ruhmgekrönten Ahnen,

O schwebt noch einmal segnend um mich her,
Mich, Euers Hauses allerletzten Erben!
War auch mein kurzes Leben glanzesleer,
Doch nicht unwürdig Euer werd' ich sterben.

(Vorhang fällt.)

Fünfter Act.

Erste Scene.

Zimmer im kaiserlichen Palast zu Rom.
Prinzessin. Gerbert.

Gerbert.
Der Streich mislang. Er unterwarf sich nicht.
Dort im Castell Paterno trotzt er uns,
Und weigert standhaft sich, zurückzukehren.
Ihr tragt die Schuld, Prinzessin; Eure Fordrung
Hat allzu sehr beleidigt seinen Stolz,
Und auch die kleinste Gunst hat Eure Kälte
Verweigert seinem liebessiechen Flehn.

Prinzessin.
Was frommen eitle Klagen? Laßt uns lieber
Nach Kräften unsrer Lage Nachtheil bessern!
Er will nicht unser sein, — wohlan! so sei
Ihm Feindschaft unversöhnlich zugeschworen!
Und, können wir des Nordens Reiche nicht
Durch ihn beherrschen, nun, so müsse er
Vor uns für immer aus dem Süden weichen. —

Mein Vater, welchem jetzt schon alles Land
Bis Benevent und zum Volturno eignet,
Nimmt dann Besitz als Schutzpatron von Rom
Mit gleichem Recht, wie Deutschlands Kön'ge thaten.
Ihr aber mögt, von unserm Arm beschirmt,
Das Regiment der Kirche ruhig führen.

Gerbert.

Ich beuge mich vor solchem kühnen Muth,
Der Niederlagen selbst in Siege wandelt.

Prinzessin.

Nicht eitler Ehrsucht flücht'gen Lockungen
Gehorcht mein Wille. Für ein heilig Recht,
Für meines Hauses altehrwürd'gen Anspruch
Auf dieses Reich bewaffn' ich meine Hand.
Ich bin die Letzte des erlauchten Stammes,
In dem das Blut noch der Cäsaren fließt,
Und ihrer einst'gen Größe Herrlichkeit,
Vor welcher sich der Erdball zitternd beugte,
Ich will noch einmal sie erneuert sehn,
Und müßt' ich dafür kämpfend untergehn.

(Ab nach rechts.)

Zweite Scene.

Gerbert allein.

Gerbert.
Du rufst ein Recht an, das die Zeit geheiligt.
Doch, was die Zeit gebar, vertilgt die Zeit.
Ein Recht nur gibt's, das ewig wandellos
Und allbezwingend herrscht — das Recht der Kirche,
Das nimmer stirbt, weil's nicht von Menschen stammt.
Auf diesem Felsen steh' ich sonder Wanken,
Wie gegen Otto erst, so gegen Dich.
An ihm zerschellten Deutschlands mächt'ge Kaiser,
Und wirst auch Du zerschellen, stolze Griechin.
Du willst gebieten hier auf eignem Grund
Mit festem Machtbesitz, und ich soll nur
Dein Schützling sein — der Pact gefällt mir nicht.
Wer hier will herrschen, darf es nur durch uns;
Die Kirche nur ist Rom, und Rom die Kirche.
Das alte Rom, von dem Du träumst, ist todt
Und steht nicht wieder auf; doch dieses lebt
Und wird durch alle Wechselfälle leben.
Ich wollte Deutschland durch den deutschen Kaiser
Gewinnen, und durch Deutschland dann die Welt.
Es glückte nicht. Versuch' ich's anders denn!
So arm ist noch die Kirche nicht an Waffen,
Und nicht mein Geist an Plänen, daß es mir
An einem Weg zum Ziele fehlen sollte.
Solang' die Welt an unsre Macht noch glaubt,

Solang' wir selber nicht an uns verzweifeln,
So lange sind wir mächtig.
   (Zur Thür hinausrufend.)
    Odoardo!

Dritte Scene.

Odoardo. Gerbert.

Odoardo.
Was ist zu Euern Diensten?

Gerbert.
    Odoardo!
Ich weiß, Ihr seid der Kirche treuer Sohn
Und seid ein Patriot und echter Römer.
An diese Doppelpflicht seid jetzt gemahnt!
Abtrünnig, wie Ihr wißt, ward uns der Kaiser.
Dort sitzt er lauernd nun in seiner Burg,
Und harrt auf frischen Zuzug nur aus Deutschland,
Um nochmals herzufallen über Euch,
In Euerm Blute seine Flucht zu rächen.
Drum nehmt die Stunde wahr, da er noch schwach,
Stürmt das Castell, verjagt ihn, tödtet ihn,
Und reinigt unser Land von den Barbaren!
Doch das ist nur die halbe Arbeit erst.
Ich weiß, Ihr wollt so wenig, wie den Deutschen,
Den Griechen als Gebieter über Euch.
Wir sind uns selbst genug: das röm'sche Volk,
Die röm'sche Kirche — 's ist wie Kind und Mutter.

Kein Frember störe biesen schönen Bund!
Der griech'sche Kaiser — merkt es wohl! — er streckt
Die Hand verlangend aus nach diesem Lande.
Er möchte von Byzanz aus uns regieren.
Dann wäre Rom, was Benevent jetzt ist.
Ein griechischer Exarch geböte dann
Im Namen byzantin'scher Majestät
In diesen Räumen, und mit Eurer Freiheit
Und mit der Kirche Ansehn wär's vorbei.
Drum duldet nicht, daß die Prinzessin länger
In Rom verweile, bringt mit Drohungen,
Bringt mit Gewalt sie auf ihr Schiff zurück,
Und schickt sie wieder heim nach Asiens Küsten!
Dann erst wird frei die Stadt und unser sein.

Odoardo.
Doch wenn die Stadt nun frei, was dann?
Wenn wir
Zum Papst Euch wählen, werdet Ihr wol auch
Uns, wie Gregor, mit schnödem Undank lohnen?

Gerbert.
Wie könnt' ich das? Mein eigner Vortheil heischt
Das Gegentheil, denn, fremden Schutzes bar,
Kann nur der Römer Liebe mich beschützen.
Wir Zwei sind ja von Einem Fleisch und Blut,
Und, was für mich Ihr thut, Ihr thut's für Euch. —
So segne denn der Himmel Eu'r Beginnen
Und bringt mir bald erwünschte Nachricht her!
(Ab durch die Mitte).

Vierte Scene.

Odoardo allein.

Odoardo.

Du haſt's geſagt: Du biſt in unſrer Hand.
Zwar bauſt Du wol auf Deine Liſt, und hoffſt
Uns zu betrügen, wie die andern alle.
Allein wir ſind gewarnt. — Gebrauche nur
Die Kräfte Deines Geiſtes wider jene!
Halt' uns den Deutſchen und den Griechen fern!
So ſchaffſt Du unſrer jungen Freiheit Luft,
Und machſt, daß ſie erſtarkt. — Regiere Du
Die Chriſtenheit! Doch hier — regieren wir. —
Ich geh' ans Werk, dem Scheine nach für Dich,
In Wahrheit für die Freiheit meines Volks,
Denn uns gehört die Zukunft dieſes Landes.

(Ab.)
(Verwandlung.)

Fünfte Scene.

Caſtell Paterno bei Rom. Schmale Galerie; links vorn ein Fenſter mit Gardinen, rechts ein Lehnſtuhl oder Ruhebett. — Graf Hoiko und Graf Bernward, zuſammen von links auftretend.

Graf Hoiko.

Dem Himmel Dank, daß ich Euch hier noch treffe!
Der Kaiſer, hört' ich, habe Euch gewaltſam
Aus ſeiner Näh' verbannt.

Graf Bernward.

      Das that er auch;
Doch meine Lieb' zu ihm ließ mich nicht gehn,
Nicht weiter mind'stens, als der Adler fliegt,
Der, seiner Jungen Nest besorgt umkreisend,
Mit unverwandtem Blicke sie bewacht.
Als ich vernahm, der Kaiser sei bedrängt
Und eingeschlossen hier wie ein Gefangner
Mit wen'gen Leuten seines Hausgesindes,
Da eilt' ich rasch herbei, nicht seines Zorns,
Noch achtend der Gefahr, die uns umgibt. —
Doch Ihr, was führt Euch her? Und wißt Ihr's schon,
Daß Eure Tochter heimgekehrt nach Deutschland?

Graf Hoiko.

So groß ist, ach! die allgemeine Noth,
Daß das besondre Leid nur wie ein Tropfen
Im weiten Meer des Misgeschicks verrinnt.
Kaum kam die Kunde, daß der Kaiser sich
Von Deutschland abgewandt und ganz den Römern
Zu eigen hab' ergeben und der Kirche,
Da schlug der Männer langverhaltner Unmuth
Weithin in hellen Zornesflammen auf.
Der Herzog, finster, streng — Ihr kennt ihn ja! —
Sprach von Verrath am Reiche, von Entsetzung,
Und Beifall rief der Baiern ganzes Volk. —
Wie schwer mich auch der Kaiser hat beleidigt
(Denn nicht verborgen blieb mir, was geschehn,
Ob's auch mein Kind mir zu verbergen strebte) —

Doch tiefer geht zu Herzen mir des Reichs
Und unsers alten Sachsenhauses Schicksal.
So hab' ich denn die Fürsten überredet,
Mir zu gestatten, daß ich einmal noch
Den Kaiser spreche. Wenn mir's nicht gelingt,
Ihn umgewandelt mit mir heimzubringen,
Dann werd' ich länger nicht mich widersetzen,
Daß man beschließe, was die Noth gebeut.
So kam ich her, mit schwacher Hoffnung zwar,
Doch fest entschlossen, alles zu versuchen,
Daß nicht gescheh', was uns mit Schmach bedeckt. —
Kaum eine Tagereise weit von hier
Traf ich auf meine Tochter. — Wißt Ihr's noch,
Wie er sie freite, wie ich lange mich
Der Werbung widersetzte? Gott im Himmel!
Wer hätt' an solche Wandlung doch geglaubt? —
Ich führte sie mit mir zurück des Wegs,
Denn schutzlos war sie fast, und misgesinnt
Ist allerwärts das Volk dem deutschen Namen.
Doch hält ihr Frauenstolz sie fern von hier
Und heißt sie streng des Kaisers Nähe meiden.

Graf Bernward.

Ein alter Diener, den ich heimlich sprach,
Vertraute mir, der Kaiser sei erkrankt
Und leide schwer. Ein Gift, so sage man,
Das er an Bruno's Leichnam eingeathmet,
Verzehre seines Lebens junge Kraft.
Doch denk' ich wol, es ist ein ander Gift,

Als das aus Kräutern man und Steinen zieht,
Was in ihm tobt: die Reu' um das Geschehne,
Daß er von Eurer Tochter sich getrennt
Und jene stolze Griechin hat gefreit,
Die, sammt dem fränk'schen Bischof, ihn betrogen.

Graf Hoiko.

So kam ich doch vielleicht zu guter Stunde,
Und find' erschlossen treuem Rath sein Herz.

Graf Bernward.

Das gebe Gott! Laßt uns indeß erspähn,
Wie wir am besten wol ihm nahen mögen.
Ich hör' ihn kommen; treten wir zur Seite!
(Nach links in die Coulisse*), doch so, daß man sie sieht.)

Sechste Scene.

Der Kaiser, von einem Diener unterstützt, tritt von rechts auf **) und setzt sich auf den Lehnstuhl (Ruhebett).

Kaiser.

Schließt die Gardinen fest!
(Der Diener thut dies.)
       Ich will nichts sehn.
Ich hasse diese Sonne, die so glühend
Dort auf der weiten Ebne liegt. — Ich lechze

---
*) Coulisse 3.
**) Aus Coulisse 2.

Nach Kühlung — Kühlung — wie des Nordens Bergwind
Sie oft nach wilden Kampfes schwüler Hitze
Der schweißbedeckten Stirne zugefächelt. —
Ach, daß ich einmal noch im Leben könnte
Der dunkeln Tannen Wipfel rauschen hören
Um meine alte Pfalz zu Queblinburg,
Musik dem Ohre, Balsam meiner Brust! —
Doch das ist hin — auf immer hin — auf immer. —
Geschieden hab' ich mich von meiner Heimat,
Und sie verstößt mich: kann ich mich beklagen?
Hat doch dies Rom, dem alles ich geopfert,
Mich treulos, den Vertrauenden, verrathen. —
So steh' ich einsam, ausgestoßen da,
Und einsam werd' ich sterben; denn, ich fühl's,
Schon senkt der Genius meines Lebens Fackel;
Noch ein Moment, und sie verlischt. —

(Er winkt dem Diener; dieser geht nach rechts vorn ab.)

Ich bin zum Tode matt. Des Fiebers Glut
Hat meines Lebens Brunnen ausgetrocknet.
Schlafloser Nächte Pein, sonst nur des Alters
Beschwerde, rascher Jugend unbekannt,
Hat mich, den Jüngling, schnell zum Greis gewandelt.
Und wenn des Körpers Uebermüdung auch
Einmal des Geistes strenge Spannung löst,
So schrecken fürchterliche Traumgebilde
Mich aus dem Schlummer und vom Lager auf.
Ich sehe Bruno's blasses Todtenantlitz,
Die Augen offen, vorwurfsvollen Blicks

Auf mich gerichtet; wenn ich dann die Hände,
Verzeihung flehend, sehnend nach ihm strecke,
Dann drängt sich plötzlich zwischen ihn und mich
Der blut'ge Leichnam des Crescentius,
Und furchtbar gellt, mit seinem Todesröcheln,
Der Fluch des Eremiten an mein Ohr. —
Dann gibt's noch andre Träume, lieblich zwar,
Doch herzzerreißend auch. Mir ist's, ich sähe
Das holde Antlitz meiner Gisela
Mit seinem himmlisch milden Liebeslächeln
Auf mich herabgebeugt. Doch wenn mein Arm
Sie fest will halten, gleitet sie hinweg,
In leere Luft zerfließt das schöne Bild,
Und in ein kaltes, stolzes Antlitz schaut
Mein Blick erstarrend. — Dennoch sehn' ich mich
Nach dieser süßen Qual.
(Wie träumend.)
O kehre wieder!
Ich fühle Deinen Himmelsodem mir
Mit sanftem Hauch die heißen Schläfe kühlen.
Wie Geister meiner Heimat weht's um mich.
Bist Du es, Seele meiner Gisela,
Die mag'sche Kreise um den Fernen zieht?
Wie? oder ist's der Engel schon des Todes,
Der mir die Stirn mit leisem Kusse rührt?
Wer Du auch sei'st, ich folge Dir — ich komme.
(Er entschlummert.)

Siebente Scene.

Hoiko, Bernward, leise näher tretend. Der Kaiser schlummernd.

Bernward.

Er schlummert sanft: der Qualen harte Fessel
Ließ seine Seele los. Doch dieser Schlaf
Ist, ach! nur allzu sehr des Todes Bild.

Hoiko.

Dem Himmel Dank! Sein Herz gehört uns wieder,
Wenn auch sein Leib wol schwerlich jemals mehr
Auf seiner Heimat Fluren wallen wird.
(Der Diener kommt von links und winkt, da er den Kaiser schlummernd sieht, in die Coulisse zurück. Aus dieser tritt:)

Achte Scene.

Gisela. Vorige. Der Diener bleibt nahe an der Thür stehen.

Hoiko.

Wie? Gisela?

Gisela.

O sagt mir, ist es wahr,
Daß er zum Tode krank?

Hoiko.

Sieh hier die Antwort!

Gisela.
O Gott, das ist ein Schatten nur von ihm.

Bernward (zu Gisela).
War schmerzlicher die Trennung neulich wol,
Als es dies heut'ge Wiederfinden ist?

Hoiko.
So willst Du dennoch Dich dem Kaiser zeigen?

Gisela.
Vor solchem tiefen Leid entflieht mein Stolz.
(Zu des Kaisers Füßen sich niederlassend.)
Hier ist der Gattin Platz, auch der verstoßnen.
(Man hört von fern Glockengeläute und Musik.)

Hoiko.
Welch ein Geräusch bringt von der Stadt herüber?

Bernward.
Der Gerbert, heißt es, ist zum Papst erwählt
Und hält den Einzug auf dem Vatican.

Kaiser (im Schlafe).
Ich hör' Geläut' der Glocken und Musik;
Es jauchzt das Volk: Hoch Otto und Gregor!
(Waffenlärm hinter der Scene.)

Bernward (am Fenster).
Ein neuer Römerhaufe stürmt am Thor,
Doch unsre Krieger stehen fest wie Mauern.

Kaiser
(noch immer im Schlafe).

Ha! Waffenlärm! Hinaus! Wo ist mein Schwert?
Ruft meine Deutschen! — Ach! Ich bin ja nicht
Ihr König mehr!
(Mit der Hand abwehrend.)
Hinweg! Laßt mir die Krone!
(Er erwacht und bemerkt Gisela, die sich über ihn gebeugt hat.)
Wo bin ich? — Gisela, mein süßer Traum,
Bringst Du Versöhnung mir, und bringst mir Frieden?

Gisela.
Kein Traum — ich selber bin's. Versöhnung
bring' ich
Und Frieden Dir. Auch komm' ich nicht allein,
Sieh Deine Freunde hier an Deiner Seite!
(Hoiko und Bernward nähern sich ihm.)

Kaiser.
Ihr kommt, mir meine Krone abzufordern.
Ja, nehmt sie! Unwerth bin ich solchen Schmucks.

Hoiko.
Die Krone nicht — Euch selber, unser Haupt,
Zurückzubringen, sandte Deutschland mich.

Kaiser.
So bin ich nicht entsetzt?

Hoiko.
Ihr seid noch König,
Und bleibt's, sobald Ihr uns nur angehört.

Kaiser.
Dann führt mich rasch mit Euch hinweg von hier!
Weit, weit hinweg, zurück nach meiner Heimat!
Ha! Der Gedanke gibt mir neues Leben.
Auf deutscher Erde kann ich noch gesunden.
Was zaubert Ihr? Laßt schnell die Rosse satteln!
(Er versucht sich aufzurichten.)
Helft mir!
(Die Umstehenden unterstützen ihn; er sinkt aber zurück.)
Vergebens! meine Kraft ist hin.

Gisela.
O gönn' Dir Ruh'! Wir harren aus bei Dir.

Kaiser (beängstigt).
Macht die Gardinen auf! Des Zimmers Luft
Preßt mir den Odem in der Brust zusammen.
(Der Diener öffnet die Vorhänge; die Abendsonne fällt voll herein.)
So ging die Sonne unter über Rom,
Als ich zum ersten mal die Stadt erschaute. —
Ach! Damals träumt' ich, so wie sie dereinst
Emporzuflammen über einer Welt.
Und jetzt — in meines Lebens Morgen noch —
Sink' ich hinunter schon, doch nicht gleich dieser,
Nein, bleich, und kalt, und farblos.
(Verhüllt das Gesicht.)

Bernward.
                              Theurer Herr!
Scheucht diese düstern Bilder! Sprecht mit uns,
Mit Euern Freunden!

Kaiser.

Großes Unrecht hab'
Ich Euch gethan, verblendet, der ich war,
O Ihr, von deutscher Treu' ein echtes Muster!

Bernward.

Vergeßt dies jetzt, wie ich es längst vergaß!

Kaiser.

Euch, edler Hoiko, kränkt' ich doch am tiefsten.
Das theure Pfand, das Ihr mir anvertraut,
Ich hab' es schlecht verwahrt. O Gisela,
Wenn mir Dein großes Herz vergeben kann,
So bitte Du für mich bei Deinem Vater!

Gisela.

Er zürnt Dir nicht, und ich — blieb stets Dein
Weib.

Hoiko.

Gott weiß, daß ich um Euer Misgeschick
Weit mehr, als um das eigne, Leid getragen!

Kaiser.

Bringt meinem Vetter Heinrich meine Krone!
Er ist ein würd'ger Haupt dafür, als ich.
O hätt' ich ihm gefolgt, ich wäre glücklich,
Der mächt'ge Herrscher eines großen Volks,
Des stärksten auf der Erde, und des treusten.
Ich wollte mehr sein, und so opfert' ich

Das Reich, mich selbst, mein Haus, und was mein Liebstes,
Für ein Phantom! — Ich bitt' Euch, sagt den Fürsten
Daß sie vergeben meiner raschen Jugend!
Und mag mein Schicksal eine Warnung sein
Für alle künft'gen Herrscher unsers Landes.
(Zu Hoiko und Bernward, ihnen die Hände reichend.)
Lebt wohl! — Nehmt meinen Leichnam mit nach Deutschland,
Und laßt mich ruhn in heimatlicher Erde!
Versprecht mir das!

Hoiko und Bernward.
Wir schwören's!

Kaiser.
Habt Dank!
(Zu Gisela, sich an sie lehnend.)
Du holder Schutzgeist, einmal neige noch
Dein holdes Antlitz über mich und laß
An deiner Brust mich so hinüberträumen!
Ich komme, Bruno! Gisela, leb' wohl!
(Stirbt.)

Hoiko.
Wir lösen unser Wort und brechen ihm
Mit unsern Schwertern einen blut'gen Weg
Zurück nach Deutschland. Ach, wir bringen nur
Den todten Kaiser mit statt des lebend'gen.

Gisela
(sich aus der gebeugten Stellung, in der sie über den sterbenden Kaiser
hingesunken war, aufrichtend).

Laßt uns vergessen unsern eignen Schmerz
Und selig preisen des Entschlafnen Los!
Von schweren Kämpfen ruht dies große Herz,
Und ruht versöhnt in seiner Heimat Schos.

(Vorhang fällt.)